Elias Schneitter

Ein gutes Pferd zieht noch einmal

Kyrene

1

Mein Vater wurde am 24.12.1924 geboren. Zweifelsohne ein ganz besonderes Geburtsdatum. Trotzdem wurde er auf den Vornamen Hugo getauft. Ein Christkind namens Hugo. Manchmal hat mich die Frage beschäftigt, wie meine Großeltern für ihren Erstgeborenen mit so einem Geburtsdatum gerade auf diesen ungewöhnlichen Vornamen kamen. Besonders, wenn man in Betracht zieht, in welches Umfeld mein Vater hineingeboren wurde.

Einige Male habe ich in den vergangenen Jahren in der Franz-Plattner-Straße kurze Spaziergänge unternommen. Hier sind sowohl mein Vater als auch ich zur Welt gekommen, beides Hausgeburten, er auf dem Bauernhof der Großeltern, ich einige Häuser unterhalb am Ende der Straße. Wenn ich spätnachts und zumeist angeheitert die Franz-Plattner-Straße entlangschlenderte und das gedämpft orangebraune Licht der Straßenbeleuchtung (zum Schutz von Mückenarten) in die Blätter, in die Bäume und in die Sträucher fiel, dann mischte sich in meine Hochstimmung immer etwas Wehmut.

Am Anfang der Straße steht noch heute die Tischlerwerkstätte, die einst mein Großvater von einem Vorfahren übernommen und die auch mein Vater einige Jahre bis zu seinem Konkurs betrieben hatte und die auch heute noch von einem entfernten Verwandten weitergeführt wird.

Sehr gut kann ich mich an meine frühe Kindheit erinnern, als mein Vater hier gearbeitet hatte, an die riesige Band- und die Kreissäge und an die Hobelbänke und an den Geruch von Holzleim und Hobelspänen, von Beize und von Nitroverdünnung. Die Tischlerei war sowohl im Parterre als auch im ersten Stock untergebracht und dort hinauf führte eine außen angebaute Holztreppe, wo die einzelnen Staffeln an den Kanten mit Eisenschienen verstärkt waren, sodass man die metallisch klappernden Schritte gut hören konnte, wenn die Treppe von jemandem benützt wurde.

Der Werkstätte direkt gegenüber war der Bauernhof meiner Großeltern – inzwischen zu einem Wohnhaus umgebaut – und zwischen diesen beiden Gebäuden ist ein Vorplatz, wo Holzstöße aufgestapelt und luftgetrocknet wurden und wo Lieferanten ihre Materialien abluden beziehungsweise Möbelstücke, Türen und Fenster auf die Fuhrwerke aufgeladen und zu den Kundschaften transportiert wurden.

Ins Bauernhaus führte eine grün-weiß gestrichene Eingangstür, die es auch heute noch gibt, und zu Zeiten meiner Großeltern war es nicht ungewöhnlich, dass das Haus bis zu zwanzig Menschen, Erwachsene und Kinder, beherbergte und für damalige Verhältnisse entsprechend Platz bot.

Auf der Hinterseite des Bauernhauses war länglich das Stallgebäude mit Heustadel angebaut und davor tummelten sich viele Hühner, die Großmutter mit Maiskörnern fütterte, begleitet von ihrem „pull … pull … pull"-Singsang.

Daran schlossen sich der große Baum- und Gemüsegarten, die Frühbeete, die Ribisel-, die Stachelbeer- und Himbeerstauden sowie die Apfel-, Birnen- Kirsch- und Zwetschkenbäume an. Dieses Areal zog sich bis zum Schlossbach hin, der die östliche Grenze des ansehnlichen Besitzes meiner Großeltern bildete.

Wenn ich mir heute das ehemalige Anwesen der Großeltern in Erinnerung rufe oder alte Fotografien betrachte, dann war dieser Bauernhof, zusammen mit der Tischlerei, eine große, geschlossene Einheit und mit den Wiesen und Äckern, die die Familie im Estrichfeld und in den Flussauen besaß, war das ein eigener Kosmos, eine Welt für sich, wie es sie heute in unserer Gegend kaum noch gibt, und der die große Familie mit mehr als dem Nötigsten versorgte und, verbunden mit dem unbändigen Fleiß aller Familienmitglieder, relativ gut über die Runden brachte, auch während der ganz schlechten Zeiten.

Meine Großmutter war in ihrem Leben nicht weniger als zwanzigmal in anderen Umständen. Fünf Kinder verlor sie durch Aborte, drei weitere starben in den ersten Lebensmonaten, sodass schlussendlich noch zwölf Kinder übrig blieben und durchzubringen waren.

Tirol war zu Zeiten meiner Großeltern katholisch geprägt. So auch meine Großeltern, wobei beide, was die Religion anlangte, einen recht pragmatischen Umgang damit pflegten. Vor allem mein Großvater, der sich an die Feiertage und die Traditionen hielt, wie es halt üblich war, sich aber sonst von den religiösen Lehren der Kirche nicht allzu sehr in Beschlag nehmen ließ.

Meine Großmutter übernahm zwar ganz selbstverständlich das katholische Weltbild, die Bibel als lebenslanger Leitfaden, aber sie lebte Religion ohne große Bigotterie.

Es gab den Himmel und es gab die Hölle und es gab das Fegefeuer und es gab die Todsünden und es gab lässliche Sünden und es gab die Heiligen und es gab den Teufel und es gab das ewige Leben und es gab das Jüngste Gericht und es gab den kirchlichen Jahreskreis, und an Sonn- und an Feiertagen besuchte sie die Abendmesse, weil sie besonders an diesen Tagen zu Hause, wie auch an all den anderen Tagen, für die Küche zuständig war, damit die riesige Familie unter Mithilfe ihrer Töchter unter ihrer resoluten Aufsicht eine Mahlzeit vorgesetzt bekam. Mit den religiösen Regeln arrangierte man sich auf vernünftige Weise. Geprägt war der Alltag von harter Arbeit (auch sonntags), die unverrückbar und unwidersprochen im Zentrum des Familienlebens stand und die unter der Oberaufsicht meiner Großmutter passierte. Während Großmutter zu Hause das Heft in der Hand hielt, war Großvater mehr für die Vertretung nach außen hin zuständig, er war, neben der Tischlerei, vor allem ins Dorfgeschehen, in die Dorfpolitik, bei den Vereinen und auch an den Stammtischen der Wirtshäuser eingebunden.

Der Sinn des Lebens bestand vor allem in harter körperlicher Arbeit, so wie es in der Bibel stand: Im Schweiße deines Angesichts sollst du dein tägliches Brot verdienen. Diese Erkenntnis stand unerschütterlich im Zentrum der Familie (nur Großvater genoss hier eine kleine Sonderstellung) und damit waren die Großeltern sehr erfolgreich, denn alle ihrer zwölf Kinder sollten im späteren Leben tüchtige, fleißige Menschen werden, die im ganzen Dorf in dieser Hinsicht hohes Ansehen genossen. Nicht ein einziges schwarzes Schaf sollte unter diesen zu finden sein.

In den letzten Lebensjahren meiner Großmutter, als die Kinder längst aus dem Haus waren und der Großvater bereits gestorben war, rückte das religiöse Leben etwas mehr in die Mitte ihres Daseins, aber auch nur wieder in einem recht vernünftigen Ausmaß. Sie machte kleine Zuwendungen an die Kirche, damit sie einige Pluspunkte für das Jenseits sammeln konnte. Einmal spendete sie einen ansehnlichen Betrag zur Anschaffung von Sitzkissen in der Altersheimkapelle, damit die alten Leute (und auch sie) bei der Heiligen Messe weicher und vor allem nicht auf den kalten, harten Holzbänken sitzen mussten. Natürlich war dieses Geschenk an die Bedingung geknüpft, dass der Auftrag an ihren Schwiegersohn zu gehen hatte, der ein Raumausstattungsgeschäft im Dorf betrieb.

Zum Besitz meiner Großeltern gehörte auch Thomasegg, eine Bergalm auf vierzehnhundert Metern Seehöhe, die nur in den Sommermonaten bewirtschaftet wurde. Vom Bauernhof benötigte man gut eineinhalb Stunden, um zur Holzhütte zu gelangen, sofern man gut bei Fuß war. Ein Teil des Weges war am Anfang eine etwas breitere Forststraße, ehe der Großteil dann auf einem schmalen Fußweg zurückgelegt werden musste.

Im Frühjahr 1937 brannte die Almhütte aus ungeklärten Gründen zur Gänze ab. Darum ging man nach den Aufräumungsarbeiten sofort wieder daran, eine neue Hütte zu errichten. Das Material, vorwiegend Holzbretter, wurde teilweise mithilfe eines Esels, aber auch auf den Schultern tragend vom Tal aus nach Thomasegg gebracht. Für diese Arbeit wurden vor allem die ältesten Buben herangezogen. Sie legten den Weg täglich einmal vormittags und einmal nachmittags, beladen mit zwei bis drei Brettern, je nach Größe und Kraft des Buben, zurück.

In der Nachbarschaft lebte die Haider Fini, eine vornehme Dame, die Alpenpflanzen sammelte, diese trocknete und damit kleine Geschenkartikel für den Verkauf in Geschäften der Stadt anfertigte. Deshalb trug sie ihren Nachbarkindern auf, sie sollten ihr von Thomasegg Bergblumen mitbringen. Damit konnten sich die Kinder einige Groschen nebenher verdienen.

Einmal auf dem Rückweg entdeckten die drei Buben auf einem kleinen Felsvorsprung einige prächtig blühende Platenigl. Mein Vater sollte diese holen, weil er der Älteste und auch der Wendigste war. Vorerst ging alles gut, er gelangte in die Reichweite der Blumen, als er aber diese pflücken wollte, rutschte er aus, versuchte bei einem Grasbüschel Halt zu finden, aber dieses riss aus und er stürzte gut zwanzig Meter in die Tiefe. Die Stelle, wo der Unfall passierte, wird die Rossfalle genannt und gerade zwei Jahre vorher war hier ein zwölfjähriger Bub aus dem Ort verunglückt und bald darauf an den Folgen des Absturzes verstorben. Mein Vater hatte das Glück, dass der Fall von Ästen eines Fichtenbaumes etwas abgebremst wurde. Er erlitt eine schwere Kopfverletzung vorne an der Stirn und auch das linke Knie war lädiert. Trotzdem gelang es Vater mit Hilfe seines Bruder Othmar und des Kuenz'n Karl, einem Freund, ins Tal zum Arzt zu kommen. Dieser ordnete sofort, nachdem er meinen Vater notdürftig versorgt hatte, die Einlieferung in das Krankenhaus in Innsbruck an.

Mein herbeigeeilter Großvater kontaktierte einen guten Kollegen von der Dorfmusikkapelle. Dieser besaß ein Motorrad mit Beiwagen, den er umgebaut und durch eine Holzkiste ersetzt hatte, weil er diese für den Transport von Milchkannen in Verwendung hatte. Die Ehefrau des Hausarztes Dr. Purtscheller stattete diese Holzkiste notdürftig mit einem Bett aus und in diesem Gefährt wurde mein Vater ins zwölf Kilometer entfernte Krankenhaus in Innsbruck gebracht. Den Ärzten dort erschien es wie ein kleines Wunder, dass er das Bewusstsein erst verlor, als er im Krankenhaus ankam. Bei der sofort durchgeführten Notoperation wurden die Wunden gereinigt und genäht. Obwohl mein Vater bei diesem Unfall keine Gehirnverletzungen davontrug, erschien den Ärzten die Lage des Vaters als hoffnungslos. Jedenfalls wurde er ins Sterbezimmer gelegt und als er wieder zu sich kam, saß eine betende Ordensschwester neben ihm, während mein Vater von großem Durst geplagt wurde und nichts anderes als etwas zu trinken wollte. Da die anfänglichen Befürchtungen der Ärzte nicht eintraten, wurde mein Vater einige Tage später bei örtlicher Betäubung am Knie operiert.

Die Notoperation wurde von Dr. Kiener, einem Spross der Salzburger Bierbrauerdynastie Stiegl, vorgenommen. Dieser wollte, sobald sich der Zustand meines Vaters stabilisiert hatte, auch die zweite Operation am Kopf wagen. Dabei sollte meinem Vater eine Plastik an der Stirnseite in der Größe einer Zwei-Euro-Münze, eine mit Silber legierte Metallplatte, eingesetzt werden. Das war eine Operationsmethode, die an der Innsbrucker Universitätsklinik noch nie gemacht worden war. Daher wurde mein Vater auch häufig zu Vorlesungen mitgenommen und den Studenten vorgeführt. Diese veranstalteten aus Mitleid mit dem zwölfjährigen, bemitleidenswerten Bürschchen Geldsammlungen.

Als mein Vater so weit hergestellt war, dass ein Termin für diese schwere Operation festgelegt werden konnte, wurde er vorher für einige Tage nach Hause geschickt, damit er in seiner vertrauten Umgebung weiter Kräfte sammeln konnte. Zum Schutz der Wunde am Kopf wurde für ihn ein kleiner Stahlhelm angefertigt. Als der Tag kam, an dem er wieder in die Klinik zurückmusste, packte ihm die Großmutter einige Sachen zusammen und schickte ihren Sohn in Begleitung einer Schwester zum Dorfplatz. Dort befand sich eine Benzinpumpe von Esso und sie sagte zu ihm, er und die Schwester sollten nach einem Auto Ausschau halten, das zum Tanken komme, und dann fragen, ob der Fahrer meinen Vater mit Stahlhelm nach Innsbruck mitnehmen könnte. Dieser Automobilfahrer war zufällig der Plattner Hans, der außerhalb des Ortes den Steinbruch und im Dorf den Gasthof Löwen betrieb. Nach dem Krieg sollte er für einige Jahre das Bürgermeisteramt bekleiden, ehe er, gar nicht weit von der Benzinpumpe entfernt, als Fußgänger am Gehsteig von einem Auto niedergefahren wurde und noch an Ort und Stelle verstarb.

Der Plattner Hans war ein allseits beliebter und leutseliger Mensch, auch wenn er nicht als Feingeist verschrien war. Dennoch wunderte er sich über die Hartherzigkeit meiner Großmutter. Jedenfalls brachte er aus Mitgefühl meinen Vater direkt zum Krankenhaus, steckte ihm sogar noch ein paar Groschen zu und wünschte ihm für die Operation alles Gute.

Die große Operation wurde am 6. Oktober 1937 von Dr. Kiener und seinem Team vorgenommen. Dieser Eingriff nahm vier Stunden in Anspruch, wobei mein Vater diesen bei vollem Bewusstsein über sich ergehen lassen musste. Eine

Ordensschwester redete unentwegt mit ihm, um ihm ein wenig Ablenkung zu verschaffen.

Die Operation verlief, wie sich bald herausstellte, sehr erfolgreich. Die Erholung schritt wider Erwarten rasch voran. Sogar die Innsbrucker Nachrichten berichteten über diese chirurgische Meisterleistung an der Universitätsklinik Innsbruck.

Auch war mein Vater dem Arzt Dr. Kiener sehr ans Herz gewachsen und dieser kümmerte sich auch in seiner Freizeit um seinen kleinen Patienten. Da er aus einem vornehmen und sehr begüterten Vaterhaus stammte, konnte er sich eine amerikanische Luxuslimousine leisten. Mit dieser unternahm er mit meinem Vater mehrere Ausflüge in die nähere Umgebung der Stadt, hinauf zur Hungerburg und auch hinunter ins Unterland. Auch versorgte er meinen Vater regelmäßig mit kleinen Geschenken und zu seinem Geburtstag am Heiligen Abend bekam er vom Christkind sogar eine nagelneue Modelleisenbahn aus Holz.

Die größte Wohltat von Dr. Kiener war aber, dass er den Großteil der Kosten für die medizinische Behandlung aus eigener Tasche bezahlte. Es mag auch eine Rolle gespielt haben, dass er sich mit dieser Operation in Fachkreisen einen Namen machen konnte, aber es war für Vater ein unglaubliches Glück, dass er diesem Menschen in die Hände gefallen war. Damals gab es für landwirtschaftliche und selbständige Betriebe keine gesetzliche Krankenversicherung und die Großeltern hätten sich diese Behandlung nur leisten können, wenn sie Vieh oder ein Grundstück verkauft hätten. Ich bin mir nicht sicher, ob das in dieser Situation passiert wäre.

Zufällig wurde zu jener Zeit auch ein arbeitsloser und obdachloser Mann mit einer ähnlichen Verletzung wie bei meinem Vater eingeliefert. Zugezogen hatte er sich diese bei einer Rauferei, wo der Kontrahent mit einer Holzhacke auf ihn losgegangen war. Er wurde zwar notversorgt, aber nicht operiert, da niemand für die Kosten aufgekommen wäre, sodass er wenige Wochen später verstarb.

Am 7. Mai 1938, auf den Tag genau nach einem Jahr Krankenhausaufenthalt, wurde mein Vater entlassen und konnte wieder nach Hause gehen. Der Abschied fiel ihm nicht leicht, denn eine so gute Zeit wie während der letzten Monate nach der Operation hatte mein Vater in seinem bisherigen Leben noch nicht erlebt.

Der Kontakt zu Dr. Kiener blieb noch einige Jahre aufrecht. Die Großmutter schickte ihm während des Krieges Pakete mit Speck und Würsten an die jeweiligen Dienststellen, aber irgendwann verlief sich diese Spur.

2

Im Jänner 1942 gab es in unserem Dorf eine große Aufregung, weil die Kirchturmglocke vom Kalvarienberg über Nacht verschwunden war. Auf Befehl des Naziregimes in Berlin mussten die Glocken der Pfarrkirche und des Kalvarienberges heruntergeholt werden. Sie sollten zu den Montanwerken in Brixlegg gebracht und dort für die Waffenproduktion eingeschmolzen werden. Allein die Sterbeglocke blieb im Kirchturm zurück. Alle anderen wurden in der Eingangshalle der Kirche für den Abtransport bereitgestellt.

Der Müller Pepi, der auf Fronturlaub in der Heimat war, und mein Großvater hatten den Plan gefasst, die Kalvarienbergglocken vor der Zerstörung zu retten. Die Kirchturmglocken kamen für diese Aktion nicht in Frage, da sie für die Fortschaffung zu groß und zu schwer gewesen wären. Mein Vater wurde ebenfalls in den Geheimplan eingeweiht und zusammen mit dem Klösn Albert hatte er in jener Nacht die Aufgabe, Schmiere zu stehen: der Vater bei Matzlers Bogen, der Klösn Albert oberhalb in der Kirchstraße.

Es war in dieser Nacht grimmig kalt und mein Großvater und der Müller Pepi beförderten das Diebsgut zum Bauernhof von Thomas, dem älteren Bruder meines Großvaters. Dort vergruben sie die Beute in einem vorbereiteten Erdloch im Strohschupfen. Diese nächtliche Aktion sorgte für großes Aufsehen im ganzen Ort. Es gab Verhaftungen und Hausdurchsuchungen, von denen auch mein Großvater betroffen war, aber er hielt dicht. Amtsbürgermeister Wagner stellte ein Ultimatum. Sollten die Glocken nicht innerhalb von drei Tagen zurückgestellt werden, würde auch die letzte verbliebene Glocke, die Sterbeglocke, geholt werden. Diese

Drohung zeigte aber keine Wirkung. Sie wurde auch nicht vollzogen. Die Sterbeglocke blieb im Kirchturm.

Wenige Wochen danach wurde mein Großvater in einer anderen Angelegenheit von den Behörden einvernommen und schließlich auch angeklagt. Diese Anklage stand indirekt, wie mein Großvater nach dem Krieg erfahren sollte, mit den verschwundenen Glocken in Zusammenhang. Jetzt ging es um den Vorwurf, illegal Tiere geschlachtet zu haben. Ein Bekannter aus der Nachbarschaft und glühender Nationalsozialist, der später an die Ostfront kam und in der russischen Gefangenschaft verhungern sollte, hatte Großvater bei den Behörden gemeldet. Die Beweise waren erdrückend. Im Bauernhaus meines Großvaters wurde immer schwarz geschlachtet, was strengstens verboten war, weil alle Tiere und auch die Feldfrüchte gestellt werden mussten. Für jeden Acker musste eine genau bestimmte Menge des Ertrags abgeliefert werden, ebenso wie von jedem Stück Vieh im Stall. Die Tiere waren genau abgezählt. Mein Großvater verwendete die Naturalien nicht nur für die eigene Familie, sondern machte damit Tauschgeschäfte, um Material für die Werkstätte zu bekommen, das er in der Tischlerei benötigte. Nägel, Beschläge und andere Dinge.

Großvater wurde wegen Schwarzschlachtens zu zwei Jahren Haft und einer hohen Geldstrafe verurteilt. Sein großes Glück war, dass er so viele Kinder zu ernähren hatte, da er sonst in ein Konzentrationslager gekommen wäre.

Durch diese Verurteilung aufgeschreckt, wähnte der ältere Bruder Thomas die Glocken in seinem Bauernhof nicht mehr sicher und brachte sie, versteckt in einer Mistfuhre, zum Siaßn Stadel in den Flussauen. Er grub sie ein, wo sie nach dem Krieg wieder hervorgeholt und auf den Kalvarienberg zurückgebracht wurden. Die anderen Glocken der Kirche kamen alle in die Montanwerke nach Brixlegg. Dort wurden sie zertrümmert und nach Kriegsende zerschlagen wieder entdeckt. Irgendwie entgingen sie der Einschmelzung.

Als mein Großvater Elias Schneitter im März 1971 verstarb und am Zirler Friedhof bestattet wurde, läutete zu seiner Ehre die Kalvarienbergglocke.

Nach der Verurteilung kam mein Großvater ins Innsbrucker Gefängnis in der Schmerlingstraße. Während der Haftzeit arbeitete Großvater in der Tischlerei und weil er gute Arbeit leistete, war er beim Gefängnisdirektor Dr. Gstättner gut angeschrieben. Darum wurden meinem Großvater auch immer wieder Haftunterbrechungen zugestanden, damit er zu Hause nach dem Rechten sehen konnte. Es war offensichtlich, dass mein Großvater kein Schwerverbrecher war und von ihm auch keine Gefahr ausging.

Die Bekanntschaft mit dem Gefängnisdirektor sollte auch noch nach dem Krieg aufrecht bleiben. In späteren Jahren kam Dr. Gstättner immer wieder auf Besuch in die Franz-Plattner-Straße und da erfuhr Großvater von ihm, dass die Verhaftung wegen des Schwarzschlachtens auch in Zusammenhang mit den Glocken stand. Die Polizei war überzeugt, dass mein Großvater seine Hände im Spiel hatte, ohne ihm etwas nachweisen zu können. Beim Schwarzschlachten war es aber eindeutig.

3

Im Frühjahr 1942 hatte mein Vater einen ersten Termin vor der Stellungskommission, wo er noch die Hoffnung hegte, dass er wegen seiner Kopfverletzung als untauglich eingestuft werden würde. Aber diese fand keine Berücksichtigung und er wurde vorerst dem Arbeitsdienst zugeteilt. Zur Silberplastik im Kopf meinte der Militärarzt ganz lapidar: „Da sind S' halt ein bisschen mehr wert als die anderen." Am 13. Jänner 1943 wurde er schließlich eingezogen. Drei Tage vorher kam seine jüngste Schwester Marianne zur Welt, die am Tag seiner Abreise getauft wurde. Seine Grundausbildung absolvierte Vater in Bregenz, zusammen mit anderen aus dem Heimatdorf, ehe er nach Villach (Kraftfahrer) und dann nach Grafenwörth (Unteroffiziersschule) geschickt wurde und schließlich in einem für Viehtransporte vorgesehenen Zug nach Stalino in der Ukraine gebracht wurde. Diese Fahrt nahm insgesamt drei Wochen in Anspruch. Später kämpfte Vater mit seiner Einheit am Kuban-Brückenkopf, wo sie von den Russen eingekesselt wurden. Es gelang jedoch, einen Teil nach Lukawicza auszufliegen. Das war in seinem Leben der erste und einzige Flug. 150 Soldaten wurden in eine JU 52 gepfercht, wo keiner umfallen konnte, da sie so eng standen. Vom Boden aus wurden sie beschossen, aber sie kamen in Lukawicza an.

Im Dezember 1943 kam mein Vater auf Genesungsurlaub nach Hause, weil er wegen eines Lungendurchschusses rekonvaleszent war. Am Vormittag des 15. Dezember stand er beim Einlass des Gefangenenhauses in der Schmerlingstraße und verlangte in barschem Ton, dass er auf der Stelle den Direktor sprechen wolle.

„Mein lieber Herr, das geht nicht so einfach“, war die Antwort.

„Und ob das einfach geht“, beharrte mein Vater. Er wurde zu einem Herrn Stenek geschickt, der meinen Vater zuerst sehr abweisend behandelte.

„Ich komme gerade aus Russland, sofern Ihnen das etwas sagt, und ich will jetzt zu meinem Vater und ich will ihn über Weihnachten nach Hause mitnehmen.“

Nach einigem Hin und Her wurde er zum Direktor Gstättner vorgelassen, der dem Vater sehr freundlich begegnete und nach einem kurzen Gespräch auch sofort eine dreiwöchige Haftunterbrechung bewilligte.

Daraufhin verließen die beiden die Schmerlingstraße Richtung Bahnhof Wilten. Dort bestiegen sie den Zug nach Zirl. Als sie um die Mittagszeit in Völs ankamen, mussten sie den Zug fluchtartig verlassen, weil im Raum Innsbruck ein Bombenangriff geflogen wurde. Es war der erste große Luftangriff auf Innsbruck. Viele Menschen saßen beim Mittagessen und da es in der Vergangenheit öfters Fehlalarme gegeben hatte, nahmen die Menschen die Sirenen nicht weiter ernst. Nicht weniger als 269 Menschen fielen dem Bombardement zum Opfer, auch im Gefängnis starben sieben Menschen durch die Bomben.

Mein Vater wurde im Krieg dreimal verletzt. Ein Steckschuss im Oberschenkel, ein Lungendurchschuss und ein Granatsplitter im Hals. Diesen holte er sich in Matzen, als sie schon auf dem Rückzug waren. Damals wollten sie nach Krumau am Kamp, um dort die Amis zu erreichen. Das gelang ihnen auch, aber diese, vorwiegend schwarze Soldaten, schickten sie wieder zurück, wo sie dann von den Russen in Gefangenschaft genommen wurden. Meinem Vater gelang es abzuhauen und bei einem Bauern in Mesau Unterschlupf zu finden, aber nach einigen Tagen konnte er nicht mehr dortbleiben. Er versuchte mit der eiternden Wunde am

Hals in den Westen zu kommen, aber sehr bald wurde er geschnappt und er befand sich genau wieder in der Truppe, von der er sich abgesetzt hatte. Das war in Horn.

Von dort wurden alle Gefangenen in einem Fußmarsch bis nach Stuhlweißenburg am Plattensee getrieben. Viele Soldaten verließen die Kräfte und alle, die umfielen, erhielten von den Wachesoldaten den Gnadenschuss. In Stuhlweißenburg wurde Vater notdürftig behandelt, aber die Wunde sollte nicht abheilen, weil sie nicht genügend Medikamente vorrätig hatten. Vom Plattensee ging es dann in LKWs weiter ins Lager Mammorosigid. Nach einjähriger Gefangenschaft wurde mein Vater nach Österreich zurückgebracht und landete wieder in Horn. Er bekam von einer österreichischen Kommandantur die Entlassungspapiere. Von hier führte der Weg nach Enns, wo die Amis lange Baracken stehen hatten. Sie mussten sich alle nackt ausziehen und die Kleidung abgeben. Sie wurden am ganzen Körper rasiert, sodass kein Haar mehr aufstand. Auch die Russen hatten sie immer kahlgeschoren. Sie wurden durch einen Gang getrieben, in dem sie von oben bis unten mit DDT abgesprüht wurden, während ihre Kleider in Hochdruckkessel kamen, um das Ungeziefer abzutöten. In Hochfilzen wurden sie von den Franzosen übernommen. In Innsbruck verbrachte Vater noch einige Tage im Lager Reichenau, ehe er nach Hause durfte. Das war am 22. August 1946. Auf dem Heimweg vom Bahnhof kam er unterwegs beim Estrichfeld vorbei, wo zufällig einige Geschwister und seine Mutter auf einem Kartoffelacker tätig waren. Der Bruder Othmar sah ihn als Erster. Der Vater war bis auf die Knochen abgemagert und kahlgeschoren. Seine Mutter schaute zu ihm herüber und der erste Satz, den sie sagte, war: „Das ist nicht der Hugo."

Der Krieg war unter den Erwachsenen all die Jahre immer präsent und es kam, besonders wenn Alkohol im Spiel war, zu heftigen Auseinandersetzungen. Nur in der Gegenwart von uns Kindern war der Krieg nie ein Thema, es gab höchstens kleine Anspielungen, die wir aber nicht verstanden.

Mit seinem Freund Jonny und anderen Bekannten aus dem Dorf fuhr mein Vater immer wieder zu Veteranentreffen nach Mittenwald oder Garmisch oder Berchtesgaden. Wenn sie zurückkamen, waren sie immer schwer betrunken. Die Ehefrauen hassten diese Ausflüge, aber sie äußerten sich darüber nur kurz und eher beiläufig. Sie wussten, hier mussten sie mit ihren Bemerkungen sehr vorsichtig sein.

In späteren Jahren, als wir bereits Jugendliche waren, hatte mein Vater manchmal Tränen in den Augen, wenn Kriegserinnerungen in ihm auflebten. Jeden Sonntagnachmittag lief im lokalen Radiosender das „Wunschkonzert“. Im Volksmund wurde dieses Programm als Erbschleichersendung bezeichnet. Hörer konnten ihren Angehörigen oder Bekannten Grüße und gute Glückwünsche zukommen lassen. Der Inhalt dieser Botschaften war zumeist identisch, der jeweilige Jubilar sollte in Zukunft nicht mehr so viel arbeiten und mehr auf seine Gesundheit achten, damit er noch viele Jahre im Kreise seiner Liebsten genießen könne. Dann wurde ein Lieblingslied für den Jubilar gespielt. Bei uns zu Hause wurde diese Sendung regelmäßig gehört. In den wärmeren Jahreszeiten saßen die ganze Familie und häufig auch Besucher im Garten bei Kaffee oder Bier und es lief das „Wunschkonzert“. Hin und wieder wurde auch das Lied „Heimat, deine Sterne“ gespielt und das ging meinem Vater jedes Mal so nahe, dass seine Augen feucht wurden und er, hatte er schon mehr getrunken, in Tränen ausbrach. Dieses Lied rief in ihm die traurigen Erinnerungen an Weihnachten 1945 in der russischen Kriegsgefangenschaft wach, als am Heiligen Abend, spät in der Nacht bei sternenklarem Himmel, das Lied über die Lautsprecher des Gefangenenlagers gesendet wurde. „Das ganze Lager hat geweint“, sagte mein Vater, wenn er sich wieder einigermaßen im Griff hatte.

Und fügte stets hinzu: „Aber so schön wie damals habe ich dieses Lied nie wieder gehört."

Wenige Jahre vor seinem Tod äußerte Vater manchmal den Wunsch, noch einmal eine Reise an jene Orte, wo sie im Krieg stationiert waren, zu unternehmen. Da fielen Städtenamen wie Stalino, Donezk, Krasnodar, der Kuban-Brückenkopf, Lukawicza, Jessi, Großstrelitz oder Stuhlweißenburg … Geworden ist aus diesem Vorhaben nichts. Er hatte es auch eher nur so vor sich hin gesprochen und nicht wirklich ernst gemeint.

4

Meine Mutter stammte aus ärmlichen Verhältnissen, obwohl ihr Vater auf eine nicht uninteressante familiäre Vergangenheit verweisen hätte können. Aber das lag ganz, ganz lange zurück und hatte keine Bedeutung mehr. In den Dreißigerjahren lebte die Familie meiner Mutter in einem abgewohnten Zinshaus in der Schöngasse, wo Familien mit vielen Kindern untergebracht waren und wo der Besitzer oft ein großes Herz bewies, weil er bei den Mietzahlungen recht nachsichtig war.

Meine Großeltern hatten mit ihren fünf Kindern im ersten Stock des Bangeterhauses ihre Unterkunft. Nicht gerade paradieshafte Zustände, wenn man sich die Wohnverhältnisse vor Augen führt. Aber das war im ganzen Haus nicht anders. Alle fünf Kinder hatten in den schwierigen Zeiten das Licht der Welt erblickt, zwischen 1927 und dem Jahr 1938. Zuerst Hermann, dann folgte meine Mutter Brunhilde, dann Josef, dann Albert und als jüngstes Stefan.

Meine Großeltern mütterlicherseits trugen den Namen Gutleben, wenn man wollte, sogar „von Gutleben", denn der Familie wurde 1611 das Adelsprädikat verliehen, wobei die jahrhundertealte Ahnentafel einige besondere Persönlichkeiten auswies, wie eine Äbtissin, einen Richter, einen weitum bekannten Baumeister und eine Vorkosterin am Hofe, was immer das auch gewesen sein mag. Sofern jemals Vermögen vorhanden gewesen war, im Laufe der Jahrhunderte war nichts mehr übrig geblieben, genauso wie von der Monarchie nicht viel mehr als Erinnerungen vorhanden waren. In späteren Jahren interessierte sich meine Mutter für die Genealogie ihrer Familie, ließ sich das Adelsprädikat und das Familienwappen in Wien ausheben und sich einen Siegelring anfertigen. Manchmal meinte sie – und ich vermute, sie tat dies nicht nur aus einer Laune heraus –, dass in ihren Adern blaues Blut fließen würde. Mein Vater betrachtete das Ganze eher von der heiteren Seite, wenn er diesbezüglich im Spaß von einem sehr heruntergekommenen Geschlecht sprach.

Diese Vergangenheit spielte natürlich längst keine Rolle mehr und mein Großvater brachte die aktuelle Situation immer wieder auf den Punkt: „Gutleben heißen und nichts zu fressen haben!"

Großvater war eine lebensfrohe Künstlernatur, ein begnadeter Zeichner und Holzschnitzer, ebenso wie er ein hervorragender Sänger und Theaterspieler war. Ein geselliger Mensch, der es liebte, mit seinen Freunden und Bekannten ein Glas zu trinken und für Unterhaltung zu sorgen. Einmal saß eine Runde bei ihm zu Hause in der Küche und einer der Beteiligten hatte eine Münze parat, die sie in eine Flasche Schnaps (früher wurde Schnaps getrunken, weil dieser die größte Wirkung hatte und die geringsten Kosten verursachte) vom Kaufhaus Glatz investieren wollten. Der Boden der Küche war aus rustikalen Holzbrettern und wie es der Teufel haben wollte, fiel diese Münze in einen Schlitz und trotz mehrerer Versuche war diese nicht herauszubringen. Die Runde war stark angeheitert und mein Großvater wusste sich in dieser prekären Situation keinen anderen Rat, als die Holzhacke zu Hilfe zu nehmen, womit das Problem gelöst wurde. Diese Geschichte wurde in unserer Familie oft erzählt, wenn von Großvater die Rede war. Diese kleine Begebenheit könnte aber dazu verleiten, ein falsches Bild von ihm zu bekommen, denn Großvater war alles andere als ein rüder Trunkenbold. Wenn seine Kinder später von ihm erzählten, dann wurde immer voll Hochachtung von ihm gesprochen. „Ach, unser Vater …", hieß es vielsagend und dabei schwangen stets Verehrung und Wertschätzung mit.

Die Geschichten über Großvater hatten mich immer beeindruckt, obwohl ich persönlich nur wenige Erinnerungen an ihn habe. Er starb, als ich gerade fünf war.

So soll er bei Tisch stets als Letzter vom Essen genommen haben, denn er bediente sich erst, wenn alle Kinder genug bekommen hatten.

Was Lebensfreude und Fröhlichkeit anlangte, war meine Großmutter aus einem ganz anderen Holz geschnitzt. Sie war eine schwer depressive Frau. Damals wurde dieser Ausdruck noch nicht so landläufig verwendet wie heute, früher sagte man einfach, dass jemand spinnen würde. So war meine Großmutter für viele einfach die Osttiroler oder die Pustertaler Spinnerin. Jedenfalls scheint, was Großmutter und Großvater betraf, die alte Weisheit, dass sich Gegensätze anziehen, ihre Richtigkeit zu haben.

Meine Großmutter hatte ein schweres Schicksal zu tragen, von dem sie sich ihr ganzes Leben nie lösen konnte.

In ihrer Jugend überlebte Großmutter mit viel Glück die damals grassierende Englische Grippe, die ihr mehrere Monate gesundheitlich heftig zusetzte, und kaum, dass sie wieder einigermaßen auf den Beinen war, wurde sie schwanger. Ihr Liebhaber war ein schneidiger, wortgewandter Mann, der auch bereit gewesen wäre, sie zu heiraten, aber sein attraktives Äußeres wirkte nicht nur auf meine Großmutter. Darum lehnte sie den Heiratsantrag ab. Trotzdem wurde sie von ihm ein zweites Mal schwanger und damit war ihre Katastrophe perfekt. Daraufhin setzte sie ihre strenge Mutter auf die Straße. Die Schande zweier lediger Kinder wollte man sich auf einem katholischen Bauernhof in einem Osttiroler Dorf nicht leisten.

Die Landwirtschaft meiner Urgroßeltern war der Moarhof in Patriasdorf, damals eine eigene Gemeinde, heute von der Bezirksstadt Lienz eingemeindet. Der Moarhof war zu Zeiten meiner Großeltern einer der größten Höfe weitum.

Meine Großmutter flüchtete nach Innsbruck, wurde dort von der Arbeitsvermittlung in der Domgasse ins Hotel Post in Zirl als Zimmermädchen vermittelt, während ihre beiden Kinder eine Zeit lang bei einer Verwandten in Ainet untergebracht wurden, ehe sie sie auf fremde Bauernhöfe gab.

Nach einer Theateraufführung der Dorfbühne Zirl, die im Theatersaal des Gasthofs Post stattfand, lernte sie meinen Großvater kennen, der sich auf der Stelle in sie verliebte und in der Folge unnachgiebig um sie warb. Obwohl meine Großmutter sehr misstrauisch war, ließ sie sich eines Tages doch dazu überreden, ins Haus des Großvaters mitzukommen. Dort wollte er ihr eine seiner Schnitzarbeiten zeigen und ihr auch eine Schmuckkassette aus Zirbenholz schenken. Dieses Geschenk sollte neun Monate später zur Welt kommen und den Namen Hermann tragen.

5

Als mein Vater aus dem Krieg und einjähriger Gefangenschaft zurückkam, und einigermaßen erholt war, hatte er eine Beziehung mit einer Gastwirtstochter aus dem Ort. Er kannte dieses Mädchen noch aus der Zeit, ehe er in den Krieg eingezogen wurde, und diese Beziehung loderte auch während der Zeit seines Kriegseinsatzes auf Sparflamme weiter. Immer wieder tauchten in den Briefen an seine Mutter Bemerkungen über „die Dame" auf, wo er sich beklagte, dass er von ihr schon sehr lange keine Post mehr erhalten hatte. Sie wird sich wohl in andere Richtungen umgesehen haben, fügte er einmal hinzu. So wurde diese Beziehung sehr bald abgebrochen, ohne dass deswegen gröbere Verletzungen zurückgeblieben wären.

Gegenüber des Bangeterhauses in der Schöngasse lebte der Meinrad Alois, ein Schulfreund meines Vaters. Einmal besuchte mein Vater diesen und da sah er dieses junge Mädchen vor der Tür stehen, in das er sich auf der Stelle unsterblich verliebte. Er kannte es nicht und seine erste Frage an den Meinrad Alois war, wer diese Schönheit sei. Das war zwei Jahre nach Kriegsende. Mein Vater arbeitete im Betrieb seines Vaters und er steckte bereits im Hausbau mit seinen Brüdern. Für die Landwirtschaft hatte er nichts übrig, darum half er dort nur im äußersten Notfall aus. In dieser Hinsicht unterschied er sich völlig von seinen jüngeren Brüdern, die für die Stallarbeit, für die Tierhaltung und den Schwarzhandel, der damals blühte, großes Interesse zeigten und auch ihr Leben lang als Nebenerwerbsbauern tätig sein sollten.

Mein Vater hatte nach der Pflichtschule die dreijährige Gewerbeschule erfolgreich abgeschlossen, wodurch er berechtigt war, nach zwei weiteren Jahren Praxis die Meisterprüfung abzulegen. Nach seinem Krankenhausaufenthalt hatte er zwar immer den Wunsch geäußert, so wie Dr. Kiener, Arzt werden zu wollen. Dieser Wunsch wurde zu Hause aber nie besonders ernst genommen.

Meine Mutter fand großen Gefallen daran, dass sie plötzlich einen werbenden Verehrer hatte, aber sie fühlte sich viel zu jung und zu unerfahren, als dass es für sie mehr gewesen wäre als ein Jungmädchenflirt. Außerdem gab es da noch jede Menge anderer junger Burschen, die meiner Mutter auch gefielen. Sie wollte die Männerwelt erst einmal kennenlernen, ohne sich gleich an einen fest zu binden. Einmal lud mein Vater sie mit seinem Motorrad (das war damals natürlich etwas Besonderes) zu einem Ausflug nach Kitzbühel ein. Es war eine lustige Fahrt, auch wenn sie bei der Hin- und Rückfahrt nicht weniger als dreimal einen Platten zu reparieren hatten.

Meine Mutter verkehrte zu dieser Zeit öfters mit ihrer Freundin Agnes. Auch in der Stadt. Agnes war ein Jahr älter und sie hatte, was Männer betraf, in gewisser Hinsicht konkretere Vorstellungen und Erwartungen als meine Mutter. Einmal lernten sie zwei Postbedienstete kennen. Diese waren Fußballer beim Innsbrucker Sportklub und Agnes wollte von ihrem Bekannten mehr, als nur ins Kino oder ins Kaffeehaus ausgeführt zu werden. Dem Postler war nicht recht wohl bei der Sache und er versuchte sich aus der Affäre zu ziehen, indem er meinte, er bräuchte seine ganze Kraft für das Training und die Fußballspiele.

„Mit so einem Burschen kann ich nichts anfangen", sagte Agnes zu meiner Mutter, nachdem sie diese Bekanntschaft schnell abgebrochen hatte.

Meine Mutter hatte damals noch keine intimen sexuellen Erfahrungen mit Männern. Bei Vater war das anders und er bedrängte sie heftig. Aber sie hatte vor diesem Schritt große Angst. Als Kind und Jugendliche hatte sie einige Male – sie schlief im elterlichen Zimmer – Liebesakte mitbekommen, wenn ihr Vater spätnachts von seinen Freunden nach Hause kam und es dann häufig Vorwürfe und Vorhaltungen seitens der Mutter gab und diese Auseinandersetzungen nicht selten in einem Liebesakt endeten. Das empfand sie immer als abstoßend.

Auch bekam sie hautnah mit, welche Katastrophe es bedeutete, wenn im Bangeterhaus eine Frau schwanger wurde, was nie Freude auslöste. Jede Schwangerschaft bedeutete hier, dass es bloß einen Fresser mehr geben würde, dessen Maul gestopft werden musste.

Auch eine familiäre Katastrophe mit ihrem älteren Bruder Hermann war ihr in Erinnerung. Dieser hatte eine Frau im Bangeterhaus geschwängert, deren Ehemann an der Front war. Daraufhin meldete sich ihr verzweifelter Bruder freiwillig bei der SS. Dort wurde er aber wegen angeblicher mongolischer Gesichtszüge abgewiesen. Zum Glück, oder wie immer man das auch betrachten mag, verlor die Geliebte von Hermann das Kind und der Ehemann sollte nichts von diesem Seitensprung erfahren.

Die Versuche meines Vaters, sie endlich ins Bett zu bekommen, wurden immer drängender. Einmal gelang es ihm, sie dazu zu überreden, mit ihm das Wochenende auf der Berghütte in Thomasegg zu verbringen. Nach langem Hin und Her ließ sie sich dazu überreden. Nachdem sie dieser Aufdringlichkeit zugestimmt hatte, kreisten ihre Gedanken nur noch darum, wie sie sich aus dieser misslichen Lage wieder befreien könnte. Sie flehte sogar zum Allmächtigen, dass er ihr helfen würde. Und der Himmel schickte ihr dann auch Hilfe. Ihr ältester Bruder Hermann hatte damals eine Anstellung als Elektriker bei den Innsbrucker Stadtwerken und eben am Freitag, am Wochenende bevor meine Mutter auf Thomasegg gehen sollte, geriet der Bruder in einen Stromkreis, den ein Arbeitskollege irrtümlicherweise einschaltete.

Sein ganzer Körper verkohlte, er lebte aber noch einige Stunden und seine Eltern konnten ihn noch besuchen. Großmutter sagte zu mir einmal: „Wenn man ihn berührt hätte, dann wäre er zusammengefallen wie ein verkohltes Blatt Papier.“

Meine Mutter litt noch lange Zeit unter diesem Unfall, weil sie sich einbildete, Mitschuld daran zu tragen. Noch viele Jahre verfolgte sie dieses Ereignis und bereitete ihr Albträume. Am Wochenende stand sie am Sarg ihres Bruders und landete nicht im Bett meines Vaters auf Thomasegg. Die nächsten Wochen und Monate waren für die Seele meiner Mutter in mehrfacher Hinsicht eine Tortur.

Wenige Wochen später sollte Mutter in der Stadt einen anderen Mann kennenlernen, in den sie sich Hals über Kopf verliebte. Darum wollte sie die Beziehung mit Vater beenden. Für Vater brach die Welt zusammen. Er konnte sich damit nicht abfinden und drehte durch. Einmal kamen zwei Schwestern meines Vaters in das Bangeterhaus zu Mutter, waren ganz außer sich, sagten, dass sie sich zu Hause keinen Rat mehr wüssten, da mein Vater völlig von Sinnen sei und man mit allem rechnen müsse. Sie flehten meine Mutter an, doch bitte mitzukommen. Schließlich ließ sich meine Mutter schweren Herzens dazu überreden und das Schicksal sollte wieder einmal einen seltsamen Weg einschlagen. Jedenfalls verlor Mutter an diesem Tag ihre Unschuld und wurde in der Folge auch sofort schwanger. Meine Mutter saß in der Falle. Sie wusste sich keinen Rat, wie sie da entkommen konnte. Als Erstes vertraute sie sich ihrer Freundin an. Diese versuchte, klaren Kopf zu behalten. Sie wusste eine Adresse. Auch bei der Finanzierung hätte sie Mittel und Wege gefunden. Ein Tag nach dem anderen verstrich. Die Freundin stand ihr bei, aber die letztendliche Entscheidung hatte meine Mutter zu treffen. Und Mutter konnte sich nicht durchringen. Die Geschichte nahm ihren Lauf. Großmutter merkte sehr bald, dass da was nicht stimmte, und aus eigener Erfahrung wusste sie, was da nicht stimmte, auch wenn sie von dem Zwiespalt, in dem meine Mutter steckte, keine Ahnung hatte. Jedenfalls war sehr bald klar beziehungsweise sollte es sich so ergeben, dass sie das Kind bekommen würde, auch wenn sie diese Schwangerschaft im Innersten ablehnte. Als in der Familie bekannt wurde, dass sie ein Kind erwartete, stand außer Zweifel, dass eine Hochzeit ins Haus stand. Für alle, außer für Mutter. Sie war noch so jung und sie wollte nicht diesen Weg gehen, aber er war für sie unausweichlich. Es gab für sie keinen Ausweg. Sie war noch nicht einmal volljährig. Darum benötigte sie die Unterschrift ihres Vaters. Für ihre Eltern war dieser Schritt ganz selbstverständlich, ohne etwas vom Unglück der Mutter mitzubekommen. Aber darüber konnte sie nicht mit ihren Eltern reden, mit niemandem außer ihrer Freundin. Alle sahen in Vater eine gute Partie für meine Mutter, zumindest, wenn man es vom wirtschaftlichen Standpunkt aus betrachtete. Aber Mutter bedeutete das damals im Grunde nichts. Trotzdem fehlte ihr die Kraft, sich dagegen aufzulehnen, sie ließ alles mehr oder weniger apathisch über sich ergehen. Ihre Freundin schüttelte den Kopf. Vater hingegen war glücklich. Er hatte sein Ziel erreicht, denn in Mutter sah er die Frau fürs Leben und alles andere hatte in diesem Moment keine Bedeutung. Jedenfalls wurde im November 1949, an einem kalten, regnerischen Tag, geheiratet und eine Nachbarin meinte damals trocken: „An so einem Tag jagt man nicht einmal einen Hund vor die Tür, geschweige denn, dass man sich verheiratet."

Meine Mutter hatte sich zwar den Gegebenheiten gebeugt, aber Mutter wäre nicht die Mutter gewesen, wenn nicht doch noch ein kleiner Rest an Widerstand in ihr aufgeflammt wäre. Darum verlief die Hochzeit nicht ohne kleine Pikanterie. Weiterhin hatte sie hinter dem Rücken meines Vaters ihren Kontakt zu ihrem Liebhaber fortgeführt. Sie trafen sich immer wieder heimlich in der Stadt. Am Hochzeitstag vor dem Traualtar trieb es ihr die Hitze in den Kopf, denn sie wusste, dass von der Empore aus ihr Geliebter die Trauung mitverfolgte und dort mit den Tränen zu kämpfen hatte. Er hatte ihr trotz der Schwangerschaft immer wieder Heiratsanträge gemacht. Aber darin sah meine Mutter keine Möglichkeit und lehnte jedes Mal ab. Bei den Hochzeitsfeierlichkeiten schaffte sie es nach Absprache mit ihrer Freundin, ihren Geliebten in dessen Wohnung und im Brautkleid kurz zu treffen. Dafür nutzten sie und ihre Freundin das traditionelle Brautstehlen. Während der Großteil der Hochzeitsgesellschaft schon betrunken war, warteten sie einen günstigen Augenblick ab, um ihr Vorhaben in die Tat umzusetzen.

Erleichtert wurde dieses Vorhaben dadurch, dass meine Eltern eine Doppelhochzeit feierten, denn auch eine Schwester meines Vaters sollte am gleichen Tag in den Hafen der Ehe verfrachtet werden. Diese Entscheidung hatte meine Großmutter getroffen. Als sie von der Schwangerschaft meiner Mutter erfahren hatte, dachte sie natürlich sofort an Hochzeit. Sie dachte sogar noch gleich einen Schritt weiter. Eine ihrer Töchter stand ebenfalls in einem festen Verhältnis und obwohl diese noch nicht in anderen Umständen war, dachte Großmutter auch hier an Hochzeit. „Ihr zwei teilt ohnehin schon die Bettstatt und Schweine müssen sowieso für die Hochzeit geschlachtet werden, also erledigen wir die Geschichte gleich unter einmal“, meinte meine kluge Großmutter.

Die Hochzeit fand im Gasthaus zur Brücke statt. So kurz nach dem Krieg war es üblich, dass das Fleisch für die Wiener Schnitzel von den Hochzeitern, in diesem Fall von den Großeltern, gestellt wurde, und nur die Getränke vom Wirtshaus verrechnet wurden, ebenso die Zubereitung der Mahlzeiten.

Am unteren Ende der Franz-Plattner-Straße gehörte meinen Großeltern ein langgezogener Acker, den sie meinem Vater und seinen beiden jüngeren Brüdern Othmar und Franz für den Bau eines Eigenheimes zur Verfügung stellten. Auf diesem hatte mein Vater als Erster bereits vor zwei Jahren mit dem Hausbau begonnen, wobei die gesamte Familie und alle Freunde und Bekannten bei der Errichtung im Einsatz waren.

Ein großes Problem zu jener Zeit war die Beschaffung von Baumaterial. Holz und Schotter waren kein Problem. Schwieriger war es, Bauziegel zu bekommen. Aber hier hatte mein Großvater noch seine Beziehungen zum Gefängnis, zum Ziegelstadel, wie er im Volksmund auch hieß. So wurde diese Angelegenheit mit Gefängnisdirektor Gstättner, der auch nach dem Krieg im Dienst stand, gelöst. Die Bezahlung des Materials erfolgte zum überwiegenden Teil mit Naturalien, Kartoffeln, Butter, Speck, über die mein Großvater mit seiner Landwirtschaft verfügte. Jedenfalls kümmerte sich der Gefängnisleiter Dr. Gstättner darum, dass mein Vater und später auch die beiden Brüder genügend Ziegelsteine zur Verfügung hatten.

So konnte meine Mutter nach der Hochzeit in ein fast fertiges, neues und eigenes Haus einziehen, was für die damalige Zeit ein ganz großes Privileg darstellte. Für Mutter bedeutete es aber nichts. Sie hatte keine Vorstellung, wie sie mit ihrer neuen Situation umgehen sollte, außer dass sie in eine große Apathie verfiel. Ihre Schwangerschaft bereitete ihr körperlich wenig Probleme. Sie litt weder an Übelkeit noch anderen Beeinträchtigungen. Sie nahm nur an Gewicht zu. Das war alles. Der Vater ging fleißig der Arbeit nach. Die Mutter bevorzugte es zumeist, den halben Tag im Bett zu liegen. Sie langweilte sich zu Tode, unternahm Spaziergänge mit ihrer Freundin, hatte hin und wieder ihre geheimen Treffen in der Stadt, die einzigen kleinen, zugleich aber hoffnungslosen Glücksmomente der damaligen Zeit. Die Hausarbeit erledigte sie mehr schlecht als recht oder meistens überhaupt nicht. Wenn Vater zu Mittag oder am Abend nach Hause kam, dann stand meistens kein Essen auf dem Tisch und auch nicht auf dem Herd. Vater war verliebt, sodass es deswegen keine Vorwürfe gab. Wenn er gelegentlich eine Bemerkung fallen ließ, dann brachte meine Mutter die Schwangerschaft ins Spiel, die ihr zu schaffen machen würde, und die Sache war erledigt. Natürlich spürte Vater die Ablehnung, aber das führte er auf die anderen Umstände zurück und er hoffte auf die Zukunft. Er zeigte volles Verständnis. Mutter suchte ihn von sich fernzuhalten. Natürlich ging das nicht immer. Sie hatte Vater sehr bald durchschaut, wusste, wie sie ihn behandeln musste. So machte meinen Vater nichts glücklicher als ein anerkennendes Wort, ein kleines Lob. Da war er wie ein kleines Kind. Das wusste meine Mutter nur zu genau und oft nutzte sie diese Möglichkeit und mein Vater war der glücklichste Mensch. Das machte ihn zufrieden und Mutter hatte ihre Ruhe und sie konnte sich wieder in ihre Teilnahmslosigkeit flüchten.

Im Juni kam Annemarie zur Welt. Meine Mutter hatte damals kaum eine Beziehung zu ihr. Sie empfand ihr Kind vor allem als Belastung.

Einmal war meine Mutter bei der Mütterberatung und als sie die Beratungsstelle verließ, merkte sie erst vor dem Haus, dass sie Annemarie drinnen einfach vergessen hatte.

Vater hatte eine Arbeitsstelle in der Stadt bei der Firma Schleinzer und meine Mutter war jeden Tag froh, wenn er aus dem Haus war, und ihre Freude hielt sich in Grenzen, wenn er wieder dorthin zurückkehrte.

Zu allem Unglück wurde Mutter drei Jahre später dann auch noch ein weiteres Mal schwanger. Es war für Mutter eine Katastrophe. Hinzu kam, dass ihre zweite Schwangerschaft ganz anders verlief als ihre erste. Die ganze Zeit, nicht nur die ersten drei Monate, war ihr übel. Das ging so weit, dass sie in ihrer Schürze stets einen Becher mit sich trug, da sie sich andauernd übergeben musste und zumeist nicht einmal mehr die Toilette erreichte. Ich kam im Hochsommer, Anfang August, zur Welt. In den frühen Morgenstunden merkte sie, dass die Entbindung bald losgehen würde. Sie versuchte das vor meinem Vater zu verheimlichen. Sie wollte, dass er bei der Niederkunft nicht im Haus war, sondern an seiner Arbeitsstelle. Sie schickte ihn geradezu weg, dass er pünktlich den Zug erreichen sollte. Kaum war der Vater auf dem Weg in die Arbeit, wurde die Hebamme gerufen. Die Kinder meiner Großeltern waren zumeist hellhäutig und rothaarig. Zu jener Zeit wurde das noch als Makel betrachtet. So sah das auch meine Mutter und darum war ihre erste Frage, die sie nach der Geburt der Hebamme stellte, ob ich rothaarig wäre. Das war ihr in diesem Moment wichtiger als die Frage, ob alles in Ordnung wäre. Die Hebamme konnte gleich beruhigen, denn ich hatte zwar helles Haar, aber auf den ersten Blick war ich kein Rotschopf. Die Freude bei meinem Vater über seinen Stammhalter war groß und er sollte diesen mit seinen Freunden nicht weniger als drei Tage lang feiern und ich erhielt auch noch den Vornamen meines Großvaters Elias, der diesen auch von seinem Großvater bekommen hatte.

Ich war ein Kind mit einem großen Kopf und brachte viereinhalb Kilo auf die Waage. Jedenfalls verstand man unter einem entzückenden Neugeborenen etwas anderes. Auch gebärdete ich mich ganz anders als meine Schwester. Annemarie war ein folgsames Kind, unauffällig, und häufig verkroch sie sich unter einem Bett, sodass meine Mutter sie oft suchen musste. Bei mir war das völlig anders. Ich schlief keine Nacht durch, schrie wie am Spieß und besonders schlimm wurde es, nachdem ich die vorgeschriebenen Impfungen erhalten hatte. Mit meinem Gebrüll fiel ich Mutter manchmal so auf die Nerven, dass sie mich am liebsten aus dem Fenster geworfen hätte. Einmal unternahmen Mutter und ihre Freundin Agnes einen Spaziergang entlang des Innufers. Auch Agnes hatte ihren Älteren dabei, der ruhig und gleichgültig im Kinderwagen saß, während ich wieder ein Gebrüll vom Stapel ließ und nicht zu beruhigen war. Zu allem Überfluss verbreiteten sich auch noch entsprechende Düfte, weil ich die Stoffwindeln vollgeschissen hatte. Das brachte meine Mutter so außer sich, dass sie mir die Windeln vom Hintern riss und diese in hohem Bogen in den Fluss warf und angefressen meinte: „Dieser Hosenscheißer hat mir noch gefehlt." Hinzu kam, dass ich nicht nur ein dickes Kind war, sondern auch noch schielte.

6

Ein Jahr nach meiner Geburt übernahm mein Vater die Tischlerei des Großvaters. Die Auftragslage war recht ordentlich und zeitweise beschäftigte mein Vater bis zu zehn Gesellen und Lehrlinge. Damals begann die Wirtschaft anzuspringen. Besonders der Tourismus, oder der Fremdenverkehr, wie man damals noch sagte, brachte einen Aufschwung mit sich. Mein Vater war in wirtschaftlichen Dingen kein begnadeter Mensch. Dafür war er zu vertrauensvoll und zu großzügig und ohne die notwendige Härte, die einen erfolgreichen Selbständigen ausmacht. Vater war ein Arbeitstier, aber kein Unternehmertyp.

Bei seinen Angestellten war er sehr beliebt. Er erlaubte ihnen großzügig, in den Abendstunden und an den Wochenenden schwarz zu arbeiten. Vater verlangte für die Verwendung von Materialien oder die Benützung der Maschinen meistens nichts. „Passt schon", meinte er, „geht schon in Ordnung." Was materielle Dinge anging, war mein Vater ein selbstloser Mensch. Besitz bedeutete ihm wenig, wenn ihm etwas wichtig war, dann, dass er von den Menschen geschätzt wurde. Darum war es mit der Tischlerei nur eine Frage der Zeit, bis sie in Schieflage geriet, obwohl die Auftragslage zufriedenstellend war, nur machte der Vater den Fehler, dass er bei den Kalkulationen und der Preisgestaltung zu sehr seinen Kundschaften entgegenkam und vor allem – und das sollte ihm schließlich das Genick brechen – die Eintreibung des Geldes alles andere als hartnäckig verfolgte, sich regelrecht davor drückte. Er verlangte zwar Voraus- und Teilzahlungen, arbeitete aber unverdrossen an einem Auftrag weiter, auch wenn Zahlungsvereinbarungen nicht eingehalten wurden. Das sprach sich herum und das wurde teilweise schamlos ausgenützt. So hatte er für drei Hotelbauten in Seefeld den Auftrag für alle Fenster und Türen bekommen. Großaufträge, die viel Arbeit für die Tischlerei bedeuteten, nur die Zahlungen der Herren Hoteliers ließen nicht nur auf sich warten, sondern blieben überhaupt aus. Damals gab es eine gesetzliche Regelung, die besagte, dass eingebaute Gegenstände, wie Türen und Fenster, nicht wieder demontiert werden konnten, auch wenn sie nicht bezahlt worden sind. Das machten sich die drei Hotelbesitzer im Nobelort zunutze und ließen meinen Vater über die Klinge springen. Jedenfalls sollte mein Vater mit seinem Betrieb zu den seltenen Unternehmern gehören, die trotz guter Auftragslage in den Konkurs schlitterten. Pikanterweise – zumindest aus späterer Sicht – wurde der Konkursantrag von der Tiroler Gebietskrankenkasse, Mutters späterem Dienstgeber, eingeleitet.

Der Vater meines Vaters war zutiefst enttäuscht von seinem Ältesten, wobei ihn vor allem der Hergang (die Geschäftsuntüchtigkeit des Vaters) besonders aufbrachte. Einmal meinte er ganz außer sich und unter Einfluss von einigem Alkohol, dass es sein Sohn verdienen würde, unter der Brücke zu landen. Im Dorf wurde über den Konkurs viel gesprochen. Einige hatten auch Mitleid mit Vater und vor allem mit uns Kindern. Der Großteil attestierte ihm Fleiß und Tüchtigkeit, nur war Vater, wie es allgemein hieß, kein Geschäftsmann.

Natürlich wurde der Mutter Schuld am wirtschaftlichen Untergang zugeschrieben. Sie hätte sich um nichts gekümmert, wäre nur faul auf ihrer Haut gelegen und mit ihrer Freundin unterwegs gewesen und nicht nur mit dieser, hieß es. Besonders vonseiten der Familie des Vaters stand Mutter häufig in der Kritik. Aber das Verhältnis zwischen den beiden sollte nie besonders herzlich sein.

Meinen Vater traf der Konkurs natürlich besonders hart,

aber weniger deshalb, weil wir durch die Zwangsversteigerung alles verloren hatten, vielmehr belastete ihn die Tatsache, dass er im Dorf als Versager angesehen wurde, der nicht in der Lage war, einen Betrieb zu führen und für seine Familie zu sorgen. Diese Schmach machte ihm schwer zu schaffen. Er flüchtete sich häufig in den Alkohol und in Sätze wie diesen: Gott gebe allen, die mich kennen, zehnmal mehr, als sie mir gönnen.

Einmal wurde meine Schwester auf der Straße von zwei älteren Damen angehalten und eine der beiden steckte ihr eine Kleinigkeit zu, während sie zu ihrer Begleiterin sagte: „Das ist das arme Kind, wo die Familie alles verloren hat." Meine Schwester verstand diese Frauen nicht und als sie daheim nach dem Sinn dieser Aussage der lieben Damen, die ihr sogar etwas geschenkt hatten, fragte, traf dies meinen Vater sehr hart und er hatte mit den Tränen zu kämpfen.

Der materielle Zusammenbruch stand mit schweren Belastungen für die Familie in Verbindung. Das Haus in der Franz-Plattner-Straße wurde versteigert. Wir mussten ausziehen und fanden beim Bruder meiner Mutter Unterkunft. Vater fand sehr schnell eine Anstellung bei einer Bautischlerei in Kolsass, wo ausschließlich Akkordarbeiten geleistet wurden.

7

Der Konkurs bedeutete für Mutter einen der wichtigsten Einschnitte und er war der große Wendepunkt in ihrem Leben. Immer wieder kam sie darauf zu sprechen und stets meinte sie: „Der Konkurs war aus heutiger Sicht betrachtet das größte Glück, das mir passieren konnte." Und jedes Mal hellten sich dabei ihre Gesichtszüge auf, wenn sie selbstzufrieden diesen Satz äußerte. „Die Zeit vor dem Konkurs war die unglücklichste Zeit meines ganzen Lebens. Ich lebte in den Tag hinein, ohne Ziel und ohne Motivation." Sie fühlte sich in ihrer Tristesse gefangen, wusste keinen Weg, um diesem Unglück zu entkommen. Der Konkurs holte sie aus ihrer Lethargie heraus. Mit einem Schlag veränderte sich die gesamte Lebenssituation. Mit einem Mal wurde ihr bewusst, dass sie das Heft in die Hand nehmen musste, wenn sie ihre Familie aus dieser misslichen Lage herausholen wollte, und damit nicht das eintrat, was der Schwiegervater einst prophezeit hatte. Sämtliche Energien wurden dadurch in ihr aktiviert. Jetzt wusste sie, in welche Richtung die Reise zu gehen hatte, und nichts und niemand sollte sie von ihrem neuen Weg abbringen können. Sie hatte als Kind miterleben müssen, was Armut bedeutet, und das wollte sie ihrer eigenen Familie ersparen. Der Kampf dagegen, das war ihre Vorstellung. Über das Arbeitsamt wurde sie, da sie über keine berufliche Ausbildung verfügte, als Hilfsnäherin zur Firma Fohringer in der Meraner Straße vermittelt. Dort war es ihre Aufgabe, Teppiche „einzufassen" und Vorhänge zu nähen.

Die Arbeit bedeutete für sie einen Befreiungsschlag, ihre Apathie war wie weggeblasen, endlich fand sie die Herausforderung, die ihr bisher gefehlt hatte.

Schon nach kurzer Zeit gingen meine Eltern wieder daran, den Bau eines Eigenheimes in Angriff zu nehmen. Sie erwarben ein Grundstück und unter großen Anstrengungen wurde der Rohbau aufgestellt, aber sehr rasch mussten sie sich eingestehen, dass sie sich übernommen hatten. So musste alles verkauft werden. Doch das Feuer, für die Familie etwas Eigenes zu schaffen, brannte in beiden und im Gegensatz zu früher zogen sie jetzt an einem Strang und dies öffnete sämtliche Schleusen in ihnen und gab Hoffnung für die Zukunft. Der unbändige Wille ließ sie jede Mühe und jede Entbehrung auf sich nehmen. Darum starteten sie bald wieder einen neuen Anlauf, sich eine eigene Unterkunft zu schaffen. Die Umstände waren alles andere als einfach. Aber diesmal stand auch etwas Glück auf ihrer Seite. Sie erhielten Unterstützung von der Großmutter mütterlicherseits, die für die Familie ihrer Enkelin großes Mitgefühl empfand.

8

Mein Heimatdorf Zirl war wegen seiner klimatischen Bedingungen lange Zeit der einzige Ort in Nordtirol, wo Weinanbau möglich war. In den Fünfzigerjahren wurden noch drei Weingärten betrieben, einer im Windschatten der monumentalen Martinswand, die wie ein großer Wärmespeicher wirkte und Reben gedeihen ließ, ein zweiter, sogar mit Buschenschank, unterhalb des Kalvarienberges und ein dritter, kleinerer am westlichen Dorfende. Diesen betrieb ein Mann, der aus Südtirol zugezogen war und den alle den Seaper nannten. Er war inzwischen ein älterer Herr und die anfallenden Arbeiten konnte er kaum noch bewältigen. Auch hatte er eine kränkelnde Frau zu versorgen, die vermehrt seine Hilfe benötigte. Ihre Ehe war kinderlos geblieben und so fasste er den schweren Entschluss, seinen Weingarten in andere Hände zu geben. Durch die Hanglage und weil der Weinberg außerhalb des Ortes lag, war der Platz eigentlich nicht für einen Hausbau geeignet. In der näheren Umgebung stand nur ein Haus. Nördlich erhob sich eine hohe Felswand und sonst war der Weinberg nur von Wiesen und Äckern umgeben, wo Mais und Kartoffeln angebaut wurden und wo noch mit Pferden umgepflügt wurde. Zum Weingarten führte nur ein schmaler Feldweg, mit einem Grünstreifen in der Mitte, ein Privatweg, der uns in späteren Jahren noch einiges an Kopfzerbrechen bereiten sollte. Trotzdem war es damals kein Problem, eine Baubewilligung für diesen unerschlossenen Platz zu bekommen.

Um diesen Weingarten erwerben zu können, schenkte die Großmutter meinen Eltern ihre gesamten Ersparnisse, einen Geldbetrag von dreitausend Schilling, die sie durch den Verkauf einer Wiese bekommen hatte. Die einzige Ge-

genleistung bestand darin, dass mein Vater ihr einen Kleiderkasten aus Vollholz anfertigen musste. Mit diesem Geld konnten meine Eltern den gesamten Weingarten vom alten Seaper erwerben. Ihm lag zwar noch das Angebot eines Innsbrucker Kaufmannes vor, der bereit gewesen wäre, für den idyllischen Weingarten einen höheren Betrag als jenen, den meine Eltern aufbrachten, zu bezahlen. Trotzdem erhielten meine Eltern den Zuschlag, weil dem alten Seaper der Innsbrucker Kaufmann nicht vertrauenswürdig erschien. So unternahmen meine Eltern einen neuen Versuch, ein Haus zu bauen. Das war 1960 und damals wurde noch anders Haus gebaut als heute, wo inzwischen Einfamilienhäuser durch den technischen Fortschritt fast schon über Nacht aus dem Boden gestampft werden.

Der Aushub für das Kellergeschoß wurde mit Pickel und Schaufel und Scheibtruhe in Angriff genommen. Bei unserem Haus brachte die Hanglage den Vorteil, dass nur der hintere Teil in der vollen Tiefe ausgehoben werden musste, denn vorne sollte bis auf einen Meter der Keller im Freien stehen. Durch die Schieflage des Grundstückes waren aber mehrere Mauerwerke notwendig, um ebene Flächen zu erhalten. Der Beton dafür wurde händisch gemischt, weil meinen Eltern keine Mischmaschine zur Verfügung stand. Der Schotter kam vom Schlossbach, den der Scheiring Friedl lieferte und der im Ruf stand, dass er bis zur Rechnungslegung immer längere Zeiträume verstreichen ließ und sehr günstig arbeitete. Er betrieb ein kleines Schotterwerk am Schlossbach und seine Eltern besaßen ein traditionsreiches Landgasthaus in der Bahnhofstraße, sodass er materiell nicht so unter Druck stand. Damals war es beim Bauen üblich, dass der Großteil der Arbeiten selbst und unter Mithilfe von Freunden und Bekannten erledigt wurde. Das funktionierte durch die gegenseitige Nachbarschaftshilfe. Beim Grundaushub und beim Betonieren kamen Freunde und Bekannte, um Hand anzulegen, und zum Ausgleich half dann mein Vater wiederum bei diesen mit, wenn es darum ging, eine Betondecke oder eine Stiege oder eine Gartenmauer zu schalen oder wenn Tischlerarbeiten anfielen oder ein Dachstuhl abgebunden werden musste.

Auch ich als kleiner Stöpsel wurde damals für kleinere Hilfstätigkeiten herangezogen, was manchmal auch Spaß machte, denn wenn auch hart gearbeitet wurde, so kam die Unterhaltung nicht zu kurz. Späße wurden getrieben, Geschichten, Lügen und Anekdoten wurden aufgetischt, die die Arbeit leichter von der Hand gehen ließen.

Beim Betonieren wurde der Schotter zu einem länglichen Hügel aufgeschüttet. Dann kam der Zement oder der Mauerbinder darüber – meistens sehr sparsam. Am Scheitelpunkt des Schotterhaufens wurde mit der Schaufel eine Rinne gezogen, in die Wasser geschüttet wurde, worauf die beiden Schaufler, einer links, einer rechts, das Material durchzumischen begannen. Mit der Gießkanne wurde weiter Wasser darüber geschüttet, um dann alles ein weiteres Mal durchzuschaufeln. Mit Scheibtruhen, oft noch mit Eisenrädern, wurde der Beton in die Schalung geschüttet und nachgestampft. Damals gab es auch noch keine Schaltafeln, sondern die Betondecken wurden mit Dreißigerbrettern eingeschalt und mit Kanthölzern abgestützt, die Eisenmatten aufgelegt und alles verdrahtet.

Ein besonderes Fest gab es immer, wenn eine Betondecke fertig war. Die Betondecken in unserem Dorf – und das ging noch viele Jahre so bis herauf in die Siebzigerjahre, ehe der Fertigbeton zum Einsatz kam – wurden in der Regel an Wochenenden gemacht, weil da Freunde und Bekannte Zeit hatten. Die Arbeiten gingen zumeist bis in den späten Nachmittag hinein und anschließend gab es ausgiebige Besäufnisse.

Auch ich sorgte einmal für große Unterhaltung. Wir betonierten gerade die Kellerdecke und es war Samstag und es regnete heftig und ohne Unterlass und es war sehr trist und alle waren bis auf die Haut nass und es war ungemütlich, bis ich meinem Vater die Frage stellte: „Papa, warum beginnt man beim Hausbau nicht mit dem Dach?“ Dieser Geistesblitz sorgte für große Erheiterung, machte ganz rasch die Runde und brachte mir sogar eine Extralimonade ein und Jonny meinte dazu: „Das wird noch ein pfiffiges Kerlchen.“

Zum Weingarten gehörte auch eine kleine Holzhütte. Beim Eingang war ein romantisches Traubenspalier aufgezogen. In der kleinen, gemütlichen Hütte hatte der alte Seaper sein Werkzeug abgestellt, etwas Mobiliar und auch eine Couch, auf der er sich manchmal ein kurzes Nickerchen genehmigte. Dieses Winzerhäuschen wurde vorübergehend auch zu unserem Zuhause. Vor allem für meine Eltern, die hier häufig nächtigten. Auch wir Kinder, die ja die meiste Zeit bei unseren Großmüttern untergebracht waren, schliefen hin und wieder hier. Neben der Hütte war ein kleines Plumpsklo. Als junges Mädchen hatte meine Mutter manchmal die romantische Vorstellung gehabt, dass sie eines Tages einen begüterten Bauern heiraten würde, weil ihr die Landwirtschaft so sehr gefiel. Daraus wurde zwar nichts, aber jetzt konnte sie ihre landwirtschaftlichen Leidenschaften ein wenig ausleben, was ihr große Freude bereitete. Neben der Arbeit in der Firma und der Arbeit am Bau beackerte sie den Hang neben der Holzhütte und legte Beete an und pflanzte Gemüse, Kraut, Salat, Bohnen, Tomaten, Karotten und Kartoffeln an und so gab es im Sommer Frisches und Gesundes aus dem Garten und im Herbst kamen noch jede Menge der besten und süßesten Weintrauben dazu.

Mit dem Hausbau ging es nur sehr schleppend voran. Aufgrund der besonders abgelegenen Lage des Grundstückes musste händisch eine Wasserleitung von gut dreihundert

Metern Länge gegraben werden, um einen Anschluss an die örtliche Wasserversorgung zu haben.

Auch durch die notwendige Errichtung von Stützmauern verzögerte sich der Baufortschritt merklich, ganz abgesehen von den äußerst dürftigen finanziellen Mitteln, die die Sache auch nicht unbedingt beschleunigten. Der Direktor Gstättner vom Ziegelstadel war bereits in Pension, sodass man dorthin keine Beziehungen mehr hatte. In Inzing, einem Nachbardorf, gab es ein Ziegelwerk, aber den Eltern fehlte das Geld zur Anschaffung der Ziegel. So wurden Schablonen fabriziert, um teilweise selbst Ziegelsteine aus Beton herzustellen. Stein für Stein.

Das nahm viel Zeit in Anspruch. Einmal erfuhr mein Vater von einem Mitbesitzer des Ziegelwerkes in Inzing, dass er kostenlos Bruchziegel haben könnte. Wieder wurde der Hirsch'n Friedl als Frächter herangezogen und er brachte eine Ladung Bruchziegel zu uns, die dann ein Maurer, „mit Gottes Hilfe und etwas fluchen", wie mein Vater später immer sagte, verarbeitete. Jedenfalls gelang es meinen Eltern unter schwierigsten Bedingungen, den Rohbau samt Dachstuhl aufzustellen, als es plötzlich zu einer völlig neuen Situation kam, die alles wieder durcheinanderbringen sollte.

Obwohl der Vater noch ein junger Mensch war, hatte sein bisheriges Leben gesundheitliche Spuren hinterlassen. Die schwere Kopfverletzung als Kind, die Kriegsjahre in Russland mit drei schweren Kriegsverwundungen, dann der Konkurs und die letzten Jahre, die nur aus harter Arbeit bestanden. Dieser Raubbau ging nicht spurlos an ihm vorbei. Immer häufiger kämpfte er gegen eine große Müdigkeit an und erlitt Schwächeanfälle.

Mein Vater gehörte zu jenen Menschen, die erst dann einen Arzt aufsuchen, wenn es unausweichlich ist. Üblicherweise meinte er, „es geht schon" und „das wird schon wieder" und „was von selber gekommen ist, wird auch wieder von selbst verschwinden", und er lebte wie viele Männer nach der Devise, „solange man nicht zum Arzt geht, ist man nicht krank". Aber sein Zustand verschlechtere sich so dramatisch, dass ihm schließlich nichts anderes übrigblieb, als Dr. Gerscha aufzusuchen.

Dr. Gerscha war unser Hausarzt, der nach dem Krieg mit einem einjährigen Berufsverbot belegt wurde, weil er den Wahnideen der Nazis – als Idealist, wie meine Mutter immer betonte – aufgesessen war. Während des Berufsverbotes arbeitete er bei einem Sägewerk, wo er Bretter zu stapeln hatte.

Bei uns im Dorf wurde er sehr geschätzt, weil er dem Bild eines Arztes auf dem Lande entsprach. Er war nicht nur während der Ordinationszeiten zu erreichen, sondern fast rund um die Uhr. Er hatte eine kleine Ordination in einem halb verfallenen Haus in der Kirchstraße und das Wartezimmer war ein dunkler, finsterer Hausgang mit einem alten Holzdielenboden.

Vonseiten der Familie meiner Mutter bestand zur Frau des Arztes ein besonderes Nahverhältnis. Diese war viele Jahre lang die Dorfhebamme, war auch bei der Geburt meiner Mutter dabei. Frau Dr. Gerscha war mit meiner Großmutter befreundet, die sie auch immer wieder mit kleineren Spenden unterstützte. Meine Mutter verdankte Frau Dr. Gerscha – auf dem Land wurde der Doktortitel automatisch auf die Frau übertragen – auch ihren Vornamen Brunhilde, denn diesen hatte sie vorgeschlagen und der wurde meiner Mutter dann auch gegeben.

Dr. Gerscha horchte meinen Vater mit dem Stethoskop ab und seine Gesichtszüge verfinsterten sich. Er überwies ihn auf der Stelle zum Lungenfacharzt Dr. Zech in Innsbruck, der eine TBC-Erkrankung feststellte. Obwohl es damals Penicillin gab, hatte diese Erkrankung ihren Schrecken noch nicht völlig verloren. Meine Eltern waren am Boden zerstört. Auch wir Kinder wurden von Mutter eingeweiht. Sie meinte, dass Vater schwer erkrankt sei, und da diese Krankheit ansteckend wäre, sollten wir im Umgang mit Vater vorsichtig sein. Das hieß, nicht sein Besteck benützen oder seine Tasse. Auch sonst sollten wir im Umgang mit Vater sehr vorsichtig sein. Mit anderen Worten, ihm nicht zu nahe kommen. Natürlich sollten wir ihn das nicht merken lassen, weil er das als Zurückweisung empfinden und es ihn tief verletzen würde. Wir kapierten das Ganze natürlich nicht so richtig, aber wir befolgten diese Instruktionen, was weiter nicht allzu schwierig war, da wir ohnehin die meiste Zeit bei unseren Großmüttern zubrachten und unsere Eltern kaum sahen.

In Tirol gab es damals zwei Lungenheilanstalten, eine in Natters, die andere in Hochzirl. So gesehen war Hochzirl für uns ein Glück. Ursprünglich war Hochzirl als Erholungsheim für K.u.k.-Offiziere gebaut worden, ehe es nach dem Ersten Weltkrieg zu einer Lungenheilstätte umfunktioniert wurde. Der Aufenthalt für Vater war dort für sechs bis acht Monate geplant. Nach der Einweisung schrieb mein Vater einen herzzerreißenden Brief an die Mutter, der geprägt war von der Sorge um das Weiterkommen seiner Familie. Meine Mutter begleitete ihn am ersten Tag in die Lungenheilanstalt, und der Vater schrieb, dass er ihr, nachdem sie ihn verlassen hatte, am liebsten nachgelaufen wäre. Auch schrieb er, dass ihn die Ausgrenzung, die er durch diese Erkrankung von den Menschen erfahren habe, sehr belasten würde, aber am Schluss des Briefes drang wieder sein starker Wille durch und er schrieb, dass er den Tag herbeisehne, an dem er wieder gesund sein und wieder für seine Familie da sein würde, denn ein gutes Pferde ziehe immer noch einmal.

Gleich nach seiner Aufnahme in die Lungenheilstätte hatte ein Bekannter des Vaters, ein Maurer, im Parterre einen Raum und den Hausgang verputzt und auch den Kamin gemauert. Der Bruder meiner Mutter verlegte einen Plastikboden und besorgte eine Couch und so übersiedelten meine Schwester und meine Mutter unter notdürftigsten Bedingungen in diesen Raum des Rohbaues. Das bisschen Geschirr hatten sie in einem Wäschekorb verstaut, ein alter Holzherd, der Tisch, Stühle, das war die gesamte Einrichtung. Ich blieb weiterhin bei meiner Großmutter und war nur hin und wieder zu Hause auf Besuch, wo ohnehin kein Platz für mich gewesen wäre.

Nachdem mein Vater nach sechs Monaten aus der Lungenheilanstalt entlassen worden und nach Hause zurückgekommen war, dauerte es einige Zeit, bis er wieder einigermaßen auf dem Damm war. Er war körperlich schwach, es fehlte die Energie und er war vorübergehend zum Nichtstun gezwungen. „Es ist schlimm“, meinte er, „wenn man die viele Arbeit sieht, diese aber nicht erledigen kann.“

Aufgrund der TBC-Erkrankung wurde meinem Vater vorübergehend eine Invaliditätspension zuerkannt und ganz langsam, nach mehreren Wochen, spürte Vater, wie seine Kräfte zurückkehrten, und es dauerte dann nicht mehr allzu lange, bis er zunächst wieder mit kleineren Arbeiten begann, mit der Zeit immer mehr größere in Angriff nahm. Natürlich wäre mehr Schonung notwendig gewesen, aber mein Vater nahm darauf wenig Rücksicht.

Anfangs legte er längere Pausen ein und zu Mittag ruhte er sich auf dem Diwan zumindest eine Stunde aus. Täglich trank er ein Glas Milch, in die er zwei rohe Eier einrührte, weil er überzeugt war, dass mit diesem Getränk die alten Kräfte rasch wieder zurückkehren würden. Dieses Rezept hatte er von einem anderen Patienten in der Lungenheilstätte bekommen und davon war mein Vater überzeugt, ebenso wie von der Brennsuppe, die er sich täglich abends zubereitete und der er ebenfalls große Heilkraft zuschrieb. Noch heute sehe ich Vater vor mir, wie er am Herd steht, leicht nach vorn gebeugt, das Mehl in der heißen Butter verrührt, bis es goldgelb ist, und dann das Wasser dazugibt.

Sehr bald übernahm mein Vater auch wieder Schwarzarbeiten für andere Leute. Er war besonders als Bautischler sehr gefragt und damals gab es Aufträge ohne Ende, sodass er zahllose Gartenmauern, Betondecken und Stiegenaufgänge einschalte, ebenso wie er für Dachstühle die Holzzettel zusammenstellte. Auch übernahm er Aufträge für Möbelstücke, Türen, Tische, Stühle. Diese Schwarzarbeiten waren für ihn nicht einfach zu bewerkstelligen, da er nicht die dafür notwendige maschinelle Ausstattung hatte. Darum musste mein Vater mit einem Tischler aus der Umgebung in Kontakt treten, der ihm gegen entsprechende Bezahlung seine Maschinen überließ. Das war natürlich mit gewissen Unannehmlichkeiten verbunden, wenn mein Vater in einer fremden Werkstätte seine Schwarzarbeiten erledigte, auch wenn er seinen Obulus dazu beigetragen hatte. Deswegen wurde im Dorf über Vater gesprochen, teilweise auch mit gehörigem Missmut, denn einerseits bezog er eine Invalidenpension und erledigte andererseits Pfuscharbeiten, die er steuerfrei verrechnete. Das wurde von einigen – aus verständlichen Gründen – mit sehr kritischen Augen betrachtet.

Auch wunderte sich so mancher über die Arglosigkeit meines Vaters, wie er mit seiner Gesundheit umsprang, während einige sich überhaupt die Frage stellten, warum meinem Vater die Rente nicht entzogen wurde. Trotzdem kam es nie zu einer Anzeige bei den Behörden wegen Schwarzarbeit, auch zu keiner anonymen. Das hing bestimmt damit zusammen, dass mein Vater bei den meisten wegen seiner Uneigennützigkeit bekannt war. Er war stets bereit, anderen zu helfen, wenn sie Hilfe benötigten. So hatte er das Amt des Obmannes des sozialistischen Pensionistenverbandes inne und als solcher – er war damals um die vierzig – organisierte er für die einfachen Leute Ausflugsfahrten und Vereinsnachmittage und Muttertags- und Weihnachtsfeiern und er kümmerte sich auch darum, dass die Mitglieder, einfache ehemalige Arbeiter und kleine Angestellte, einen Hilflosen- oder einen Heizkostenzuschuss für den Winter zugesprochen bekamen, und regelmäßig fuhr der Vater in die Stadt, wo er bei Behörden vorsprach und mit den politisch Verantwortlichen Kontakt aufnahm, um für den einen oder den anderen kleinere Zuwendungen zu bekommen. Das sprach sich auch im Dorf herum.

So kam eines Tages, erinnere ich mich, der Schwarzn Franzl, ein älterer Mann mit Hut, zu uns nach Hause. Er war sein Lebtag ein einfacher Hilfsarbeiter in einem Steinbruch, der nebenbei eine kleine Landwirtschaft mit zwei, drei Stück Vieh betrieb und der sich bei meinem Vater entschuldigte, weil auf einer seiner Wiesen, die neben der Bundesstraße lag, von der ÖVP, angeblich ohne sein Wissen, eine Werbetafel für die bevorstehende Nationalratswahl aufgestellt worden war. Er hätte nichts von dieser Tafel gewusst und er schämte sich dafür vor meinem Vater, der dafür gesorgt hatte, dass er mehrmals soziale Unterstützungen erhielt.

Einmal kam bei einem Arbeitsunfall ein guter Freund meines Vaters, der mit ihm im Krieg gewesen war, ums Leben. Dieser war verheiratet, hatte drei kleine Kinder und die Witwe stand alleine mit diesen und einem halbfertigen Haus und vielen Schulden da. Für die Witwe stellte sich die Frage, ob sie alles verkaufen müsste, denn alleine hätte sie eine Fertigstellung des Hauses nie schaffen können. Auch hier sprang mein Vater gemeinsam mit vielen anderen in die Bresche. Das Haus wurde mit Gratisschichten von Bekannten und Materialspenden von Unternehmern fertiggestellt, sodass die Familie ein Dach über dem Kopf bekam.

Manchmal ging seine Hilfsbereitschaft meiner Mutter zu weit. Für sie war es völlig in Ordnung, anderen zu helfen, aber im Vordergrund sollte die eigene Familie stehen.

Später, als wir sogar schon ein Telefon mit einem Viertelanschluss im Haus hatten, beklagte sich Mutter öfters, dass wir so hohe Telefonrechnungen hätten, weil Vater dauernd Telefonate mit Sozialstellen in der Stadt führte, wofür es natürlich keine Abgeltung gab. Aber hier schob Mutter sehr rasch einen Riegel vor, weil sie ein kleines Schloss an der Wahlscheibe anbrachte, wodurch die Null gesperrt wurde. Damit waren nur Dorfgespräche möglich, sofern die Nummer keine Null hatte. Bei Auswärtstelefonaten war diese immer notwendig.

Auch wenn wir damals alles andere als auf Rosen gebettet waren, so verbesserte sich unsere wirtschaftliche Lage doch schrittweise. Es ging aufwärts. So war es möglich, dass sich Vater selber eine kombinierte Maschine anschaffen konnte. Noch heute erinnere ich mich sehr gut an den Tag, als die Felder-Kombimaschine ins Haus kam. Im Keller hatte sich mein Vater eine kleine Werkstätte eingerichtet, mit Hobelbank, einem Werkzeugkasten und einer Holzpresse, und jetzt kamen auch noch die nagelneue Hobelmaschine und Kreissäge dazu. Es war an einem Freitag und einige Freunde besuchten uns, als die Maschine geliefert wurde. Es wurde heftig getrunken und gegessen und sogar zwei Musiker mit Ziehharmonika und Bassgeige waren im Haus. Jedenfalls begab sich irgendwann die gesamte Mannschaft in den Keller, um die neue Maschine einzuweihen. Mein Vater hatte ein Glas Weinbrand dabei und dieses ließ er mit feuchten Augen auf der Hobelmaschine zerschellen und alle prosteten sich zu und umarmten sich. Jedenfalls brauchte mein Vater nicht mehr zum Donnerbauer gehen und fragen, ob er dort die Maschinen benützen durfte.

Wenige Monate später kam dann noch eine gebrauchte Holzfräsmaschine dazu, wobei es da keine Feier mehr gab und das war auch gut so, denn diese Maschine sollte noch großes Unheil anrichten. Aber vorderhand war mein Vater maschinell bestens ausgerüstet.

Als es den Anschein hatte, dass meine Eltern wieder Boden unter die Füße bekommen würden, setzten im rechten Oberschenkel meines Vaters immer stärker werdende Schmerzen ein. Er begann zu hinken und darum überwies ihn unser Hausarzt Dr. Kurt Gerscha an die Universitätsklinik in Innsbruck, wo bei den Untersuchungen ein lebensbedrohlicher Tumor diagnostiziert wurde. Sofort wurde eine Operation anberaumt, in dessen Folge festgestellt wurde, dass es sich nicht um Knochenkrebs handelte, jedoch um eine schwere Erkrankung im Oberschenkel, die eine mehrmonatige Behandlung in der Spezialklinik auf der Stolzalpe in der Steiermark notwendig machen würde. Meine Eltern waren am Boden zerstört, aber um nichts in der Welt wollte mein Vater neuerlich für mehrere Monate, diesmal in diese fern gelegene Rehabilitationsklinik, von zu Hause weg, auch auf die Gefahr hin, dass er die Krankheit nicht überleben würde.

Meine Mutter wusste sich keinen Rat. Weinend und in Tränen aufgelöst meldete sie sich bei unserem Hausarzt Dr. Kurt Gerscha.

Der Arzt hatte alle Befunde von der Klinik erhalten, die er sehr genau studierte, und nach einiger Zeit des Nachdenkens und Grübelns meinte er zu meiner verzweifelten Mutter: „Ja, ich bin zu jeder Schandtat bereit." Das bedeutete, dass er in den nächsten Wochen oft zweimal täglich zu meinem Vater nach Hause kam, um den Verband zu wechseln und meinem Vater die notwendigen Injektionen und Infusionen zu verabreichen. Mit der Zeit waren immer weniger Visiten notwendig, nicht mehr täglich, sondern ein- bis zweimal die Woche. Die ganze Behandlung nahm fast ein Jahr in Anspruch, bis mein Vater wieder so weit hergestellt war.

Natürlich hatte Dr. Gerscha aufgrund dieser einmaligen Hilfestellung den Status eines Heiligen in unserer Familie. Während der Monate der Behandlung hatte es sich so eingebürgert, dass Dr. Gerscha seine letzte tägliche Visite bei meinem Vater absolvierte. Da konnte es passieren, dass er erst spät am Abend zu Vater kam und er dann auch das eine oder andere Glas Wein zu sich nahm und die eine oder andere Zigarette rauchte. Dr. Kurt Gerscha war auch ein Genießer und meine Mutter sorgte immer dafür, dass etwas zu trinken im Hause war und auch immer Tabak für seine Zigarettenmaschine, mit der er seine tägliche Ration herstellte. Was das Rauchen betraf, war Dr. Gerscha ebenfalls ein akribischer Mensch, oder genauer gesagt, ganz Arzt. So trug er jede Zigarette in eine Liste ein und den genauen Zeitpunkt, wann er sie rauchte. Tragischerweise sollte Dr. Gerscha, noch nicht einmal siebzigjährig, an Lungenkrebs sterben. Seine Eigenheiten waren bei allen Patienten bekannt. Wenn er in ein Krankenzimmer kam, dann warf er zuerst einen prüfenden Blick in die Runde und bevor er sich dem Patienten zuwandte, rückte er immer ein Bild zurecht oder stellte eine Vase woandershin, weil diese seiner Meinung nach nicht den richtigen Platz hatte. Das war so eine Eigenart von ihm.

Mein Vater und Dr. Gerscha verstanden sich prächtig und so konnte es schon passieren, dass sich die beiden bis gegen Mitternacht über alles Mögliche unterhielten und dabei einige Gläser Wein zu sich nahmen, sodass es nicht nur einmal vorkam, dass Frau Dr. Gerscha vor der Tür stand und fragte, ob bei uns die Sperrstunde um Mitternacht nicht gelte.

9

Meine Mutter war eine junge, bildhübsche und auch sehr kluge Frau. Sehr bald war ihr ihre Wirkung auf Männer bewusst geworden und vor allem lernte sie ziemlich rasch, diese für ihre Zwecke einzusetzen. Sie war ein Naturtalent, was Kommunikation und Psychologie betraf. Zudem verfügte sie über ein schauspielerisches Talent, um in die verschiedensten Rollen zu schlüpfen, so wie es die Situation gerade verlangte. Sie wusste genau, wie sie die Männerwelt behandeln musste, um diese, wie es so schön heißt, um ihren Finger zu wickeln. Mutter verfolgte ihre Ziele. Zudem verstand sie es vorzüglich, Männer in Schwebe und auf Distanz zu halten, denn meine Mutter war ganz bestimmt keine Frau, die es auf Bettgeschichten abgesehen hatte. Mit Sex hatte meine Mutter ihr ganzes Leben ihre liebe Not. Hingabe und Lust – dazu war sie zu blockiert. Ihre Erfahrungen mit der Sexualität waren keine guten. Die katholische Erziehung, die unangenehmen Erinnerungen an das elterliche Schlafzimmer, der Schock durch den Tod ihres Bruders, der unglückliche Verlust ihrer Unschuld mit all den Folgen, die ungewollten Schwangerschaften und die ehelichen Pflichten, zu denen sie Vater drängte, weil er Nähe, Liebe wollte, während bei Mutter die Angst vor ungewollten Schwangerschaften vorherrschte, mit denen sie bereits konfrontiert worden war. Das alles schreckte sie mehr vor körperlicher Liebe ab, als dass sie diese genießen hätte können. Nein, Sex war nicht ihr Verlangen.

Bei der Firma Fohringer arbeitete ein Herr Schäfer, der die Stelle eines Abteilungsleiters innehatte. Er war alles andere als eine äußerlich beeindruckende Erscheinung, nicht groß, sehr hager mit einer ungesunden Gesichtsfarbe, die auf ein

Darmproblem hinwies, tief liegende rot geränderte Augen mit großen Tränensäcken und eine Halbglatze. Stets trug er einen weißen, sauber gebügelten Arbeitsmantel, vermied beim Sprechen den kernigen Tiroler Dialekt, redete nach der Schrift, wie man damals sagte, und war ein Schöngeist, denn nebenbei arbeitete er als Bühnendekorateur beim Tiroler Landestheater. Er war ein gebildeter Mann, hatte familiäre Verbindungen nach Ostdeutschland, war verwandt mit der Schauspielerin Gisela May und verkehrte in den besseren Kreisen der Stadt. Trotzdem kein Mann, bei dem Frauen in Ohnmacht fallen würden. Meine Mutter freundete sich mit Herrn Schäfer an. Sie empfand sein Hochdeutsch doch ein wenig eigenartig, aber es gefiel ihr, und wenn sie auch vom Theaterleben keine Ahnung hatte, so hörte sie aufmerksam zu, wenn er von Aufführungen und von Schauspielern erzählte. Hin und wieder wurde sie von Herrn Schäfer auf einen Kaffee oder einen Tee ins Café Schindler oder ins Café Central eingeladen. Da erfuhr sie dann nicht nur das Neueste, was die städtische Theaterkultur zu bieten hatte, sondern auch Firmeninterna. Sie hörte interessiert zu, wenn er über betriebliche Belange sprach und auch kleinere Geheimnisse über die Firma ausplauderte, zum Beispiel, dass der Juniorchef ein Lebemann sei, sich wenig um die Geschicke der Firma kümmere, stattdessen nur die neuesten Automodelle im Kopf hätte und auch Beziehungen zu Männern unterhalte. Der Junior sei regelmäßiger Gast in einschlägigen Nachtlokalen und Etablissements und wenn er mit seinem Lebenswandel so weitermache und sich nicht mehr um die Firma kümmere, dann würde der Konkurs sehr bald ins Haus stehen. Natürlich wusste meine Mutter auch von ihren Arbeitskolleginnen von den Eskapaden des Juniorchefs, aber meine Mutter spielte bei Herrn Schäfer ganz die naive, ahnungslose Unwissende, damit Herr Schäfer mit seinen Geschichten ganz und gar auf seine Rechnung kam.

Mit treuherzigen Augen meinte meine Mutter bei solchen Kaffeehausbesuchen: „Wenn Sie sich, Herr Schäfer, nicht immer ganz und gar so um die Firma kümmern würden, dann stünde die Firma viel, viel schlechter da.“ Solche Aussagen verfehlten nicht ihre Wirkung. Jedenfalls hatten solche Kaffeehausbesuche bald zur Folge, dass neue Vorhänge und Teppiche und auch Bettwäsche bei uns auftauchten, und das zu den erdenklich besten Konditionen, die vorstellbar waren. Beim nächsten Besuch im Café Schindler jedenfalls dankte meinte Mutter ganz auf ihre Art.

Sie strich die menschliche Größe und Selbstlosigkeit, wie sie Herr Schäfer an den Tag legte, besonders heraus und meinte, dass es ihr fast schon peinlich wäre, seine Großzügigkeit in Anspruch zu nehmen. Sie wollte auch die Rechnung im Kaffeehaus bezahlen, aber das hätte Herr Schäfer nie zugelassen.

Auch verdankte meine Mutter Herrn Schäfer die Bekanntschaft mit Dr. Ravelli, durch die sich das Leben unserer Familie sehr stark verändern sollte. Dr. Ravelli war Radiologe an der Universitätsklinik und leitete zusätzlich das Röntgeninstitut in der Tiroler Gebietskrankenkasse. Die Familie Ravelli stammte aus Rovereto und übersiedelte in den Zwanzigerjahren nach Tirol. Der Vater verstarb in jungen Jahren und nach dem Tod stand die Mutter mit ihren beiden Söhnen allein da. Trotzdem gelang es ihr, verbunden mit vielen Entbehrungen, dass beide Söhne studieren konnten und es beide zu angesehenen Radiologen brachten. Durch seine Erfahrungen in der Jugend und aufgrund seiner sozialen politischen Einstellung spürte Dr. Ravelli zeitlebens eine Verantwortung für die kleinen, einfachen Leute, die nicht auf die Butterseite des Daseins gefallen waren. Darum hatte er auch diese Anstellung bei der Krankenkasse angenommen. Ende der Sechzigerjahre suchte er eine Assistentin für das radiologische Ambulatorium und da kam meine Mutter ins Spiel, weil Herr Schäfer sie seinem Bekannten empfahl. Er kenne eine tüchtige junge Frau, bei der er sich vorstellen könnte, dass das die richtige Person für diese Stelle wäre. So lernten sich meine Mutter und der Radiologe kennen.

Meine Mutter hatte die Pflichtschule besucht, die Hälfte davon während der Kriegszeit, und anschließend absolvierte sie ein Jahr lang eine Hauswirtschaftsschule. Sie hatte nicht nur keine sonstige Ausbildung, von medizinisch-technischen Dingen hatte sie überhaupt keine Ahnung. Es gab mehrere Treffen, mehrere Gespräche und schließlich entschied sich Dr. Ravelli, trotz ihrer fehlenden Voraussetzungen, sie als Röntgenassistentin im Ambulatorium der Gebietskrankenkasse aufzunehmen. Das Dienstverhältnis sollte erst in einem halben Jahr angetreten werden. Das hatte für meine Mutter den Vorteil, dass sie diese Zeit für eine erste grundlegende Ausbildung nutzen konnte. Für Mutter folgte ohne Zweifel die aufregendste Zeit ihres Lebens. Mit Feuereifer widmete sie sich nun den neuen Herausforderungen. Dabei ging es darum, sich mit medizinischen Grundbegriffen vertraut zu machen. Zusätzlich musste sie auf der Volkshochschule einen Maschinschreibkurs, einen Rechtschreibkurs belegen und auch noch den Führerschein erwerben. Die Fahrerlaubnis war notwendig, weil sie täglich die Arbeit um sechs Uhr morgens aufzunehmen hatte und um diese Zeit noch kein öffentliches Verkehrsmittel zur Verfügung stand. Der frühe Arbeitsbeginn war wegen der medizinischen Apparaturen notwendig, die eine entsprechende Anlaufzeit benötigten. Jedenfalls war damals meine Mutter mehr als nur gefordert. Zu Hause lagen Rechtschreibfibeln herum, meine Schwester musste mit ihr Diktate machen, ihr die Rechtschreibregeln beibringen, ebenso wurde eine Schreibmaschine angeschafft und ein Untermieter, der damals bei uns lebte, musste mit ihr Autofahrstunden unternehmen und ihr die Kreuzungsregeln beibringen. Aber meine Mutter war von einer derartigen Willenskraft beflügelt, dass sie alles auf sich nahm und sich mit Volldampf in die Materie einarbeitete, sodass sie die Führerscheinprüfung beim ersten Mal bestand, stundenlang in die Schreibmaschine klopfte, seitenlange Diktate schrieb und auch in kürzester Zeit eine medizinische Ausbildung zur Hilfskrankenschwester absolvierte. Jedenfalls trat sie diese Stelle in der Krankenkasse an, ausgerechnet jenem Ort, von dem der Konkursantrag für die Tischlerei meines Vaters ausgegangen war.

10

Bei meiner Großmutter hatte ich eine glückliche und in gewisser Hinsicht auch behütete Kindheit. Ich kam ja, bald nachdem wir unser Haus verlassen mussten, zu ihr und verbrachte den Großteil meiner Kindheit dort. Bei meiner Schwester lief es etwas anders. Untertags stand sie unter der Obhut der anderen Großmutter und nachts schlief sie in der Regel bei den Eltern. Was unsere Großmütter anlangte, hätten zwei Menschen nicht unterschiedlicher sein können. Während ich meine Tage, abgesehen von der Schule, gestalten konnte, wie ich wollte, stand meine Schwester streng unter Aufsicht. Diese Großmutter hatte ja zwölf Kinder großgezogen und bei ihr herrschten Ordnung und strengste Arbeitsdisziplin. Jemand, der nicht arbeitet, kommt nur auf dumme Gedanken, lautete ein unerschütterlicher Grundsatz. Bei Großmutter kam man nie auf dumme Gedanken. Dafür sorgte sie. Einige Male war ich notgedrungen auch für kurze Zeit bei ihr, aber da suchte ich stets so rasch wie möglich ihrer Obsorge zu entkommen. Kaum wurde sie meiner ansichtig, hatte sie schon eine Aufgabe für mich parat: im Obstgarten, bei der Kartoffelernte, bei der Heuarbeit, im Stall. Alles Dinge, die mir zutiefst widerstrebten und die mich nur an eines denken ließen: an Flucht. Nicht umsonst verpassten ihr ihre erwachsenen Söhne den Spitznamen Feldwebel und ihr Befehlston wurde auch oft mit jenem des Dritten Reiches verglichen: Das Oberkommando der Wehrmacht gibt bekannt, hieß es, wenn von den Instruktionen der Großmutter gesprochen wurde. Darum tat ich stets alles, um ihr aus dem Weg zu gehen. Das gelang mir auch meistens.

Bei meiner Großmutter lief das Leben völlig anders ab.

Hier hatte ich meine große Freiheit. Die einzigen Aufgaben, die ich zu erfüllen hatte, waren der Einkauf von Lebensmitteln und manchmal musste ich abends zum Friedhof eilen, um am Grab meines Großvaters eine Kerze anzuzünden. Ansonsten hatte ich freie Hand.

Bei ihr zu Hause wohnten noch ihre Söhne Albert und Stefan, die damals in ihren Zwanzigern waren und ihr Leben dementsprechend gestalteten. Sie waren für mich mehr wie zwei große Brüder und weniger wie zwei Onkel oder gar Erziehungsberechtigte. Höchstens, dass sie mir regelmäßig auftrugen, ihnen in der Trafik oder nächtens, wenn der Laden geschlossen war, im Gasthaus Schwarzer Adler Zigaretten zu holen. Auch verstanden sie es ausgezeichnet, mich dafür entsprechend zu motivieren. Sie gaben vor, mich mit ihren Armbanduhren zu stoppen, wie lange ich für den Einkauf brauchen würde, und jedes Mal, wenn ich außer Atem mit der Packung Dreier einlief, blickten sie auf das Zifferblatt und attestierten mir eine neuerliche Bestzeit.

Meine Freunde im Äuele – so wird diese Gegend bezeichnet – beneideten mich wegen meiner großen Freiheiten. Bei ihnen lief die Erziehung zumeist in anderen Bahnen ab, bei den meisten herrschte Strenge und teilweise auch Zucht. Sie mussten pünktlich zum Essen erscheinen, sie mussten danach ihre Hausaufgaben erledigen, sie mussten vom Sportplatz pünktlich nach Hause eilen, sie erhielten laufend Anweisungen, die zu befolgen waren, weil es sonst etwas setzte. Bei Nichtbefolgung bedeutete es Hausarrest, oder sie wurden zur Strafe über Stunden in den finsteren Keller gesperrt, oder sie bezogen überhaupt Prügel. All diese Maßnahmen blieben mir bei Oma erspart und es gab nicht einmal Androhungen in diese Richtungen. So gesehen verlebte ich bei Oma eine wirklich glückliche Zeit, wenn ich die Zeit in der Hauptschule einmal ausblende.

Bei meinen Freunden erlebte ich einige Male brutale Szenen. Einmal spielten wir im Garten eines Freundes und weil wir Durst hatten, eilten wir in die Küche zum Wasserhahn, um zu trinken, und einer von uns beiden vergaß, den Hahn abzudrehen, bevor wir wieder ins Freie stürmten. Das Wasserbecken lief über, weil es zu dieser Zeit noch über keinen Überlauf verfügte. Wir spielten unterm Kirschbaum, als der Vater des Freundes nach der Arbeit nach Hause kam und die Küche unter Wasser stand, worauf sein Vater völlig durchdrehte und seinen Sohn mit einem nassen Fetzen windelweich schlug, sodass er vor Angst und Schmerzen aufjaulte wie eine Katze, die man zu Tode prügelt.

Oder mein Freund Franz aus der Nachbarschaft, den seine Mutter (Franz war ein uneheliches Kind) regelmäßig verprügelte, stets in Verbindung mit Flüchen und Verwünschungen und der Drohung, dass sie ihn in ein Heim für Schwererziehbare stecken werde, wenn er nicht pariere. Franz bezog regelmäßig Schläge, weil er Bettnässer war und auch immer wieder die Hose voll hatte, und da konnte es schon passieren, dass die Mutter von Franz so ausrastete, dass sie ihm die Hosen herunterriss und ihn zur Reinigung kopfüber in die Wassertonne steckte. Heute ist Franz die meiste Zeit auf der geschlossenen Abteilung des Narrenhauses in Hall, weil er von heftigen Psychosen beherrscht wird. Unlängst habe ich ihn im Narrenturm, wie er seine Unterkunft nannte, besucht, und er zeigte mir einige Gedichte, die er für seine Geliebte, die er dort kennengelernt hatte, verfasste. Er nannte seine Geliebte „mein Glühwürmchen“ und er las mir auch einige seiner Verse vor, die teilweise sehr berührend waren und teilweise wirr und unverständlich. „Besuche mich wieder einmal im Narrenturm“, sagte er zum Abschied, „und bringe mir einige Packungen Marlboro mit.“ Jetzt kann ich ihn aber nicht mehr besuchen und ihm auch keine Marlboro mehr bringen, weil er vor wenigen Tagen verstorben ist. Er war einige Tage in Freiheit, stahl ein Auto, fuhr in die Berge, wo er in eine Almhütte einbrach, diese verwüstete, dann von der Polizei festgenommen wurde, um dann in der Psychiatrie zu versterben.

Auch gab es einen hohen Grad an Verwahrlosung, wenn ich an die armen Kinder in einem Nachbarhaus denke. Sie wurden die Engländer-Kinder genannt. Die vier Kinder lebten zusammengepfercht mit ihren Eltern auf einem Dachboden. Der Vater war ein polnischer Trunkenbold, den die Mutter in England kennengelernt hatte. Bei diesen Kindern hieß es in der Straße, dass sie sich von den Schlägen ernähren könnten, so oft und so häufig waren sie der elterlichen Gewalt ausgesetzt, und andauernd kam jemand von der Jugendwohlfahrt vorbei und immer wieder wurden Kinder vorübergehend in Heimen untergebracht, um bald darauf wieder zu den Eltern zurückzukehren.

Jedenfalls blieb ich von jeglichen unliebsamen „Erziehungsmethoden“ verschont, nie war ich körperlicher Gewalt ausgesetzt oder wurde mir diese angedroht, das gab es bei Großmutter nicht und von meinen Eltern auch nicht. Während meiner Schulzeit gehörte ich zu den Kleinsten. In den Turnstunden mussten wir immer der Größe nach Aufstellung nehmen und nur der Neurauter Johann und der Wild Hansjörg waren kleiner als ich. Vor kurzem ist mir zufällig ein altes Klassenfoto aus der zweiten Volksschulklasse in die Hände gefallen. Ich knie in der ersten Reihe vorne und schaue direkt in die Kamera und als ich dieses Bild sah, zuckte ich im ersten Moment richtig zusammen. Ich hatte meine Brille abgenommen, die vor mir am Boden lag, und erschrak heftig wegen meiner schielenden Augen und eines Gesichtsausdrucks, der an ein mongoloides Kind erinnerte.

Im Äuele hatte ich meine Freunde und vor allem war dort der Fußballplatz. Das Haus am Weingarten befindet sich am anderen Ende des Dorfes. Das war für mich ein guter Sicherheitsabstand, denn manchmal wollte mein Vater, dass ich nach Hause käme, weil er mich als Handlanger bei seiner Arbeit wünschte. Diese Aussichten waren für mich nicht besonders verlockend, mit meinem Vater den Nachmittag auf irgendeiner Baustelle oder in der Werkstatt im Keller zu verbringen, sodass ich es vorzog, nach Möglichkeit bei meiner Oma zu bleiben. Sie kümmerte sich wenig darum, wo und mit wem ich meine Nachmittage verbrachte, ich musste nur, wenn die Nacht hereinbrach, nach Hause kommen. Die erste Zeit bei Oma schlief ich noch in ihrem Zimmer im Doppelbett, erst später wechselte ich in die Stube mit dem gemauerten Bauernofen. Der Raum war nicht besonders groß, aber abends spielte es sich hier häufig ab.

Meine beiden Onkel hatten im ersten Stock ihre Zimmer, aber die Stube war der Treffpunkt, wo sich häufig auch die Freunde der beiden trafen. Meistens zogen meine Onkel abends los ins Kino oder in die Gaststätten des Dorfes, sofern sie Geld hatten und wieder einmal einen Schuss, also eine Vorauszahlung von den jeweiligen Chefs erhalten hatten. Hatten sie keines, dann verbrachten sie die Abende rauchend und mit dem Lesen von Jerry-Cotton-Krimis oder Western-Romanen, die stapelweise auf dem Ofen lagen, zu Hause in der Stube. Sie waren richtige Nachtmenschen, sodass sie am nächsten Morgen kaum aus ihren Betten zu bringen waren. Großmutter versuchte die beiden zu wecken und da ihr der Weg in den ersten Stock zu beschwerlich war, nahm sie den Küchenbesen und klopfte mit diesem an die Decke der Stube und der Küche, damit die beiden endlich den Tag in Angriff nahmen. An der Decke waren deswegen schon richtige Dellen, wo der Verputz fehlte, was die zumeist erfolglosen Versuche von Großmutters Weckdienst sehr gut dokumentierte.

Obwohl in Omas Haushalt alles andere als Wohlstand herrschte, gehörten wir zu den Ersten in der Straße, wo das Fernsehen Einzug hielt. Das brachte auch ein neues Lebensgefühl in unsere Stube. Die Abende verbrachten meine Großmutter und ich immer vor der Flimmerkiste (damals gab es ja nur sehr eingeschränkt Programm). Um halb acht war „Zeit im Bild“ mit dem Wetterbericht. Die Nachrichten boten meiner Großmutter die Möglichkeit, ihren Unmut und ihren tiefsitzenden Frust abzulassen. Am meisten verachtete sie Politiker, vor allem jene der schwarzen Reichshälfte, die in der Ersten Republik auf die roten Arbeiter schießen ließen. Politiker waren für sie grundsätzlich Lügner, die es mit den Menschen nur schlecht meinten und nur auf ihren eigenen Sack schauten. Bei den Schwarzen war sie unerbittlich, bei den Roten war ihr Urteil ein wenig milder.

Einmal wurde unser als trinkfest bekannter Tiroler Landeshauptmann bei der Eröffnung eines Gebäudes gezeigt, wie er Bauarbeitern eine Kiste Bier spendierte. Das ließ meine Großmutter völlig die Fassung verlieren. „Dieser Trunkenbold“, wetterte sie, „bringt den Arbeitern auch noch was zum Saufen.“ Der Alkohol war für sie ein Teufel, der für viel Unglück in den Familien verantwortlich war. Fast alle Männer in der Straße hatten damit große Probleme. Am oberen Ende unserer Straße, wo der Innweg in die Hauptstraße mündet, ist der Schwarze Adler, damals ein Arbeiterwirtshaus, wo unmäßig gesoffen und viel gestritten wurde und das Hauptthema der Krieg war. Die einfachen Männer, die dort verkehrten, waren fast alle im Krieg in Russland, in Norwegen, in Griechenland oder wo auch immer gewesen. Ihrer Jugend beraubt, kamen sie aus dem totalen Wahnsinn zurück und mussten schauen, wie sie sich mit diesen Erfahrungen, mit ihren ramponierten Seelen einigermaßen zurechtfanden, und meistens war Alkohol ein vermeintliches Heilmittel. Dass der Alkohol das ganze Gegenteil bewirkte, bekamen häufig die Ehefrauen zu Hause zu spüren.

Auch bei uns spielte der Alkohol eine große Rolle, vor allem bei Onkel Albert. Er war zwar nicht im Krieg gewesen, weil er noch zu jung war, aber er hatte große Alkoholprobleme. Er war ein kluger, begabter Handwerker, ein unruhiger Geist, der ihn in die Gasthäuser zu treiben schien. Nie war er lange bei einer Firma angestellt, weil er es nirgends lange aushielt, und kaum hatte er etwas Geld in der Tasche, dann zog es ihn in die einschlägigen Wirtshäuser. Dort war er gern gesehen, weil er stets für Unterhaltung sorgte, auch wenn er häufig seine Zeche aufschreiben lassen musste, wobei er diese immer beglich, auch wenn es oft einige Zeit in Anspruch nahm. Aber das wurde akzeptiert. Einmal habe ich in späteren Jahren selbst miterlebt, wie mein Onkel in seinem Stammgasthaus von der Kellnerin Geld lieh. Sie fragte ihn gar nicht, wie viel er wollte, sondern warf ihm die Geldtasche über den Tisch zu, worauf er sich zweihundert Schilling herausnahm und trocken meinte: „Schließlich muss ich auch einmal in ein anderes Wirtshaus gehen. Hier wird es auf die Dauer langweilig."

Oma war wegen seiner Trinkerei oft völlig verzweifelt und manchmal geriet sie ganz außer sich und drohte, dass sie ihm Antabus in den Kaffee geben werde, damit ihm beim ersten Schluck so übel würde, dass er nie wieder einen Tropfen anrühren würde. Den Tipp mit dem Antabus hatte sie von Frau Dr. Gerscha, die auf ihren Spaziergängen mit ihrem Labrador immer wieder bei uns vorbeischaute. Oft konnte man über meinen Onkel hören, dass ihm nur die richtige Frau an seiner Seite fehlen würde, so wie es beim jüngeren Bruder Stefan der Fall war, der eine fleißige Frau kennenlernte und die sehr genau wusste, was sie wollte, worauf sein jugendlicher, etwas liederlicher Lebenswandel sehr bald der Vergangenheit angehörte.

Einmal hatte Onkel Albert eine feste Freundin. Diese Frau kam von einem kleinen, tristen Bergbauernhof, der im Hausgang sogar noch einen Erdboden aufwies. Diese Frau war etwas behindert und hatte eine steife Hüfte und über Monate kam sie jeden Samstag zu uns und wir drei, Oma, sie und ich, verbrachten diese Abende gemeinsam mit Fernsehen und nach dem Samstagabendwestern ging sie allein ins Bett, weil Onkel Albert erst ganz spät oder gar nicht nach Hause kam und wenn, dann immer betrunken. Seine Freundin verließ am nächsten Morgen das Haus und ging zur Sonntagsmesse, um am nächsten Samstag wieder mit ihrer Ledertasche von den Bergen herunterzukommen und auf ihren Albert zu warten. Dieses Zeremoniell ging zwei Jahre so, ehe Regina dann nicht mehr zu uns kam.

Erst viel später sollte ich erfahren, dass sich mein Onkel als Jugendlicher – er stieg über einen Stacheldrahtzaun – mit den Spitzen die Hoden zerrissen hatte und seither keine Kinder mehr zeugen konnte.

Bald nach Regina kam dann eine neue Frau zu uns nach Hause. Diesmal schien es für Albert eine ernstere Angelegenheit zu sein. An jenem Tag, einem Samstag, saßen meine Großmutter und ich einigermaßen gespannt vor dem Fernseher. Sie waren für den Nachmittag angesagt, aber sie tauchten erst während des Abendprogramms auf. Schon vom ersten Moment an fühlte sich meine Großmutter in ihren negativen Ahnungen, was die neue Freundin anlangte, bestätigt. Großmutter und ich schauten gerade „Einer wird gewinnen" mit Hans-Joachim Kulenkampff, als die beiden hereinwankten, wobei Theresa ihr mitgebrachtes Gepäck im Hauseingang abstellte. Der Gesichtsausdruck von Oma sagte alles, als ihr Sohn Albert seine neue Freundin vorstellte, und als Theresa mir die Hand schüttelte, verdrehte Oma die Augen und atmete tief durch. Theresa holte die Einkaufstasche, in der sie Bananen, Schokolade und eine Flasche Fanta verstaut hatte, und sie bot mir alles an. Sie war mir auf Anhieb sympathisch, zumal meine neue Tante auf mich einen sehr schüchternen Eindruck machte, auch wenn sie laut lachte, aber ich bemerkte sofort, dass sie voller Angst auf der Ofenbank Platz genommen hatte.

Seit Wochen war ihr Name in den Gesprächen meiner Großmutter aufgetaucht, wobei ein abfälliger Unterton nicht zu überhören war. Sie hatte in Erfahrung gebracht, dass Theresa als Küchenhilfe und Aushilfskellnerin im Gasthof Schlosshäusl arbeitete, nicht unbedingt die erste Adresse. Auch war ihr zu Ohren gekommen, dass Theresa an der gastronomischen Krankheit leiden würde.

Theresa stammte von einem Bergbauernhof in Hopfgarten im Brixental im Unterland. Anscheinend hatte es mein Onkel Albert mit Bergbauernmädels. Theresa war eine schlanke, nicht ganz unattraktive Frau, auch wenn sie eine unreine, pockennarbige Gesichtshaut hatte. Ihre Familie war groß, mit vielen Kindern, und Theresa musste, wie es damals üblich war, mit vierzehn hinaus in die weite Welt, was in Tirol hieß, hinaus in den Tourismus, hinaus in verschiedene Gastwirtschaften, als Hilfsköchin und Hilfskellnerin und Zimmermädchen. Sie verfügte über keine Ausbildung, denn es hatte geheißen, so bald wie möglich für sich selbst zu sorgen. Eine Ausbildung hätte das nur noch um Jahre hinausgezögert und das konnte man sich kaum leisten. Theresa war eine sehr gutmütige, offenherzige Frau, die in ihren jungen Jahren vom Leben hin- und hergestoßen wurde, die häufig ausgenützt wurde und sehr bald mit dem Alkohol in Kontakt kam.

Als bekannt wurde, dass Albert eine Frau mit nach Hause bringen würde, bemühte sich eine Schwägerin von Albert – die Frau seines älteren Bruders Josef –, das Zimmer von Albert etwas freundlicher zu gestalten. Der Bruder, von Beruf Tapezierer und Raumausstatter, spendierte neue Betten, neue Vorhänge, neue Bettwäsche und die Schwägerin putzte das Zimmer auf Hochglanz, damit Theresa freundlich empfangen werden konnte. Schließlich waren alle der Meinung, dass Onkel Albert nur die richtige Frau fehlen würde, damit er sein Leben entsprechend in den Griff bekam.

Ich hatte mit Theresa ein sehr gutes Einvernehmen. Über das Arbeitsamt erhielt sie eine Arbeit in der Stadt vermittelt, weil mein Onkel nicht mehr wollte, dass sie weiter in der Gastwirtschaft tätig war. Theresa bekam eine Stelle als Hilfsarbeiterin in einem großen Zeitungsvertrieb. Ihre Aufgabe bestand darin, die Retouren, alte Zeitungen, Zeitschriften und Illustrierte, die von den Kundschaften zurückgeschickt wurden, zu zählen, diese in Listen einzutragen, bevor sie zur Verrechnung ins Büro kamen. Theresa war eine brave Arbeiterin, die sich nie beklagte, die ihre Arbeit ohne Murren verrichtete, an ihrem stickigen Arbeitsplatz einige Verstecke hatte, um sich schluckweise etwas Freude zu gönnen, so wie es die anderen Hilfsarbeiter auch machten, um über die Runden zu kommen. In der Dienststelle gab es mit ihr nie größere Probleme, auch nicht, wenn sie manchmal zu häufig ihre Verstecke aufsuchte und ihre Augen noch glasiger und der Redefluss etwas holpriger wurde.

Jedenfalls, seit Theresa in diesem Zeitungsvertrieb tätig war, wirkte sich das auch vorteilhaft für uns aus, nicht nur, dass wir mit alten Illustrierten versorgt wurden, sondern auch, weil sich durch das regelmäßige Einkommen von Theresa bei uns auch etwas Wohlstand einnistete. Theresa war ein freigiebiges Wesen mit sehr wenig eigenen Ansprüchen. Bestimmt zählte sie nicht zu den Großverdienern, aber da sie fast ihr gesamtes Einkommen – mit Ausnahme für ihre geheimen Trostspender – in den Haushalt einfließen ließ, besserte sich unsere ökonomische Lage merklich. Mir brachte Theresa öfters kleine Geschenke mit, Schokolade oder andere Süßigkeiten wie eine Schaumrolle oder auch eine Flasche Coca-Cola oder eine „Katze im Sack“.

Damals landeten auch Einkaufskataloge vom Versandhaus Quelle bei uns, die ich stets mit großem Interesse studierte, zumindest jene Angebote, die mir besonders ins Auge stachen. Darunter waren zum Beispiel eine 8mm-Filmkamera und ein Projektor. Eine Bestellung wäre nie in Betracht gekommen, aber diese Filmausrüstung beflügelte meine Fantasie. Aus der Schulbücherei hatte ich mir mein Lieblingsbuch, „Die große Elf", ausgeliehen, das ich mit großer Begeisterung las. Dabei stellte ich mir vor, zusammen mit meinen Freunden einen Fußballfilm nach dieser Vorlage zu drehen. Leider wurde daraus aber nie etwas. Trotzdem erfüllte mir die Tante einen ganz großen Wunsch. Sie spendierte mir das Geld für ein Paar gebrauchte Fußballschuhe. Ein Spieler der Ersten beendete seine Karriere und verkaufte mir die Schuhe, die mir zwar um drei Nummern zu groß waren, aber mit guten Wollsocken ließ sich dieser Makel ohne Weiteres beheben. Außerdem würde ich ja in die Schuhe hineinwachsen. Bis dahin hatte ich nur Semperit Turnschuhe besessen, die natürlich keine Fußballschuhe ersetzen konnten.

So frei und so unbeaufsichtigt ich bei meiner Großmutter leben konnte, so hart und mit viel Angst behaftet war mein Dasein in der Schule, besonders in der Hauptschule. Heute wundere ich mich noch manchmal, wie ich es schaffte, ohne eine Klasse wiederholen zu müssen über die Runden zu kommen.

Als Klassenvorstand hatten wir einen sehr strengen Lehrer. Er unterrichtete uns in mehreren Schulfächern. Einige Male holte er mich hinaus zum Pult. „Elias, komm heraus. Elias, nimm die Brille herunter", sagte er und ließ mich einige Zeit stehen, wo ich vor Schrecken am ganzen Körper zitterte, ehe er dann meinte, „Elias, geh hinein", und mich so vor der ganzen Klasse brüskierte. Trotz meiner miesen Leistungen schaffte ich immer einen positiven Jahresabschluss. Heute vermute ich, dass er mich nie zu einer „Ehrenrunde" verdonnerte, weil er ein eng befreundeter Musikantenkollege meines Großvaters war. Einmal, so denke ich zumindest heute, hatte ich auch Glück im Unglück, weil ich mir bei einem Skiausflug – der Klassenvorstand war auch unser Turnlehrer – einen komplizierten Drehbruch zuzog und ich vier Wochen mit einem Liegegips zubringen musste. Das war in der dritten Hauptschulklasse und sicher ausschlaggebend dafür, dass ich in die letzte Klasse aufsteigen konnte. Damals sollte ich auch erfahren, was es bedeutet, wenn man über bestimmte Beziehungen verfügt. Mit meinem gebrochenen Bein wurde ich mit der Rettung in die Klinik gebracht und ich erfuhr eine ganz besondere Behandlung, weil dort Dr. Ravelli in der Radiologie in führender Stelle tätig war. Durch diesen Skiunfall konnte ich mehrere Wochen am Unterricht nicht teilnehmen, was sicher zur Folge hatte, dass beim Zeugnis ein Auge zugedrückt wurde.

Einmal war mein Vater wieder Tagesgespräch im ganzen Dorf. An einem frühen Nachmittag geriet er mit der Hand in die Holzfräsmaschine und drei Finger der linken Hand waren weg. Anfangs verspürte er keinen Schmerz, als bereits das Blut seiner Hand in die Holzspäne schoss. Geistesgegenwärtig stülpte er sich einen Plastiksack über die Hand und eilte zum Gasthaus Elisabeth, damit der Wirt Hilfe holen sollte. Als dieser meinen Vater und das Blut sah, fiel er in Ohnmacht. Die Frau telefonierte nach der Rettung und mein Vater wurde ins Krankenhaus gebracht. Ich ging damals noch in die Volksschule und begriff die Tragweite dieses Unfalles nicht. In meiner kindlichen Vorstellung glaubte ich, dass diese Finger wieder nachwachsen würden wie die Milchzähne, und als mich Frau Frankford vom Lebensmittelgeschäft darauf ansprach, sagte ich ganz altklug, dass mein Vater einfach besser aufpassen hätte sollen. Frau Frankford stockte der Atem. Jedenfalls verbreitete sich diese Aussage im Dorf und kam in späterer Zeit auch meinem Vater zu Ohren, was ihn sehr traf.

11

Durch das Fernsehgerät kamen Nachrichten aus vielen Teilen der Welt in unser Haus. Straßenkämpfe in Paris, russisches Militär in Prag, junge Verrückte in San Francisco. So nahmen wir das bei Oma in der Stube wahr.

Mehr schlecht als recht hatte ich den Hauptschulabschluss geschafft, ohne eine klare Vorstellung zu haben, wie es mit mir weitergehen sollte. Es standen zwei Möglichkeiten offen. Entweder eine weiterführende höhere Schule oder das Polytechnikum, das neunte Pflichtschuljahr, das damals gerade neu eingeführt wurde. Trotz meiner mäßigen Leistungen entschied meine Mutter, dass ich eine Handelsschule besuchen sollte. Für einen handwerklichen Beruf wäre ich wegen meiner körperlichen Voraussetzungen ungeeignet, wie mein Vater meinte, aber für den Bleistift, also für das Büro, wäre mit mir sicher was anzufangen. Um aber in eine höhere Schule zu kommen, musste man eine Aufnahmeprüfung bewältigen, bei der ich sang- und klanglos unterging. So blieb für mich nur das Polytechnikum. Das Polytechnikum war als berufsvorbereitendes Jahr gedacht. Da es neu installiert wurde, hatte man keine Erfahrungen damit und niemand wusste, wie das genau ablaufen sollte. Bei uns wurde ein Direktor bestellt, der noch zwei Jahre bis zur Pensionierung hatte. Eigentlich wollte er Hauptschuldirektor werden, aber da kam ein anderer an die Reihe. So hatte er jetzt doch noch einen Direktorsposten ergattert, bevor er in den Ruhestand wechseln konnte. Für uns Schüler hatte das Polytechnikum den Vorteil, dass wir von diesem relativ unbehelligt blieben und so ein Jahr Ruhe und Erholung genießen konnten. Sogar ich hatte keine schulischen Probleme, und das sollte etwas bedeuten.

Für mich war es vor allem ein unbeschwertes Jahr, wenngleich ich stets mit der Frage „Was willst du nachher machen?“ konfrontiert wurde. Ich wusste darauf keine Antwort und es belastete mich auch kaum, zumindest weniger als meine Mutter.

Bis zu dieser Zeit verbrachten wir unsere Freizeit auf dem Fußballplatz. Das änderte sich in diesem Jahr grundlegend. Der alte Fußballplatz wurde umgewidmet und sollte mit Wohnblöcken bebaut werden. Eine neue Sportstätte wurde im Süden des Dorfes, jenseits des Flusses, errichtet. Wir trainierten zwar dort und absolvierten unsere Matches, aber sonst bedeutete uns der Fußball nicht mehr so viel wie bisher. Inzwischen hatte sich unser Interesse mehr aufs Kino verlagert. Seit einigen Jahren gab es in unserem Dorf Lichtspiele und ein gerissener Geschäftsmann erweiterte das Kino um ein Tanzlokal, dem er den Namen Fortuna gab, wo renommierte Live-Bands auftraten und junge Leute vom ganzen Land herbeiströmten.

Wir waren noch zu jung, um uns dort vergnügen zu dürfen, aber es gab auch ein kleines Tagescafé, und im Vorraum und im angeschlossenen Kinosaal standen Flipperautomaten, ein Tischfußball, eine Autorennbahn und vor allem eine Musicbox. Diese kleine Spielhölle war auch nachmittags geöffnet und wir verbrachten dort den Großteil unserer Freizeit. In der Musicbox liefen fast unentwegt „Massachusetts“, „San Francisco“ und „Una festa sui prati“ von Adriano Celentano oder „Moooonja“. Irgendjemand hatte immer etwas Geld, um diese Maschine zu füttern und auch um das eine oder andere Spiel an den Automaten zu finanzieren und um ein Freispiel am Flipper zu erkämpfen.

Während der Woche gab es täglich eine Abendvorstellung um acht Uhr und am Wochenende wurde eine zweite Vorführung angeboten. Das Filmangebot bestand aus amerikanischen Western, Krimis, aber auch Schinken wie „Vom

Winde verweht“ oder „Die Brücke am Kwai“, „Verdammt in alle Ewigkeit“ oder „Dr. Schiwago“ und dazu noch heimische Produktionen à la Franz Antel, zumeist Verwechslungskomödien mit Peter Alexander, Gunther Philipp, Peter Weck, Peter Kraus und Conny Froboess. Unser aller Liebling war natürlich Gunther Philipp mit seinen Grimassen und seinen Wackelohren. Über diese Späße konnten wir uns tagelang unterhalten.

Mein engster Freund war damals der Friedl Knoll, der ein Jahr älter war als ich und der eine Lehre zum Maurer absolvierte. Er war erst vor kurzem zu uns in Dorf gekommen. Er stammte aus dem Zillertal. Mit seinem Großvater hatte er mehrere Sommer auf den verschiedenen Almen bei bester Luft und gesunder Nahrung verbracht. Er strotzte geradezu vor Kraft und die harte Arbeit am Bau machte ihm kaum zu schaffen und obwohl er erst seit kurzem hinter dem Ball herjagte, hatte er bereits einen Stammplatz in der ersten Mannschaft. Er gehörte zwar nicht zu den großen Technikern, aber mit seiner unbändigen Kraft und seiner Ausdauer überrannte er alles, sodass er sehr bald den Spitznamen Pferdelunge verpasst bekam.

Friedl und ich besuchten abends zwei Mädchen, die miteinander befreundet waren und in der Nachbarschaft lebten, und bei den beiden verbrachten wir Stunden vor ihren Fenstern und versuchten sie zu erobern. Ihren Eltern blieb das nicht verborgen, aber sie ließen uns gewähren, weil sie uns kannten und wussten, dass wir zwei harmlose Bengel waren. Ich hatte mich in Monika verliebt und Friedl war Gerda nicht gleichgültig. Natürlich waren wir nicht die Einzigen, die hinter diesen beiden Mädchen her waren, schließlich waren sie begehrte Schönheiten. Wir hatten hartnäckige Konkurrenten. Zwei junge Burschen aus dem Sellraintal tauchten immer wieder auf, um uns unser Revier streitig zu machen. Zudem waren sie älter und einer der beiden hatte auch noch ein Auto, einen Opel Kadett. Sie wollten Monika und Gerda immer zu Kuchen und Kaffee und zum Fünf-Uhr-Tee ins Schlosscafé Fragenstein einladen. Aber die beiden hatten natürlich gegen uns zwei keine Chance, denn schließlich kamen sie aus dem Sellraintal und das Sellraintal ist ein Seitental, wo nur Bauern zu Hause waren. So war unsere Vorstellung. Jedenfalls schien es für Friedl und mich recht gut zu laufen, was unsere Liebschaften anlangte, glaubten wir zumindest. Einmal luden wir die beiden Mädchen ins Kino ein und sie willigten sofort ein. Friedl war ungestümer und fasste sehr rasch nach der Hand von Gerda. Auch meine Hand brannte vor Sehnsucht, aber ich hielt sie aus Angst vor einer Zurückweisung im Zaum. Das sollte noch Folgen haben. Monika war über meine Schüchternheit schwer enttäuscht und ließ das Gerda wissen, sodass sie beschlossen, mich einem Test zu unterziehen. Würde ich ihn nicht bestehen, wäre ich für immer aus dem Rennen. Diesmal waren wir bei ihnen zu Hause, denn die Eltern waren nicht daheim. Sie hatten sturmfrei. Gerda war in das Spiel eingeweiht. Darum ließ sie mich und Monika allein in der Küche zurück und drehte sogar das Licht ab, als sie hinausging. Monika und ich waren allein in der dunklen Küche. Mein Verlangen, Monika in die Arme zu nehmen, war kaum auszuhalten, aber mein Körper schien wie einbetoniert zu sein. Ich konnte kaum atmen, die Dunkelheit erdrückte mich, ebenso wie mein Verlangen. Meine Schüchternheit raubte mir jegliche Bewegungsfreiheit und ich saß wortlos neben meiner Madonna, ehe Gerda zurückkam und das Licht andrehte. Das war wie eine Erlösung aus meiner Erstarrung, aber es bedeutete auch, dass ich bei Monika für alle Zeiten unten durch war. Ihr Gesicht drückte endlose Enttäuschung aus. Sie hatten dieses Spiel inszeniert, um mir eine Chance zu bieten, meine Monika zu küssen und in die Arme zu nehmen. Ich hatte den Test nicht bestanden.

Meine geliebte Monika ließ mich fallen und mir brach beinahe das Herz. Ihr Fenster blieb geschlossen, sie schlug Einladungen aus, ich war für sie nicht mehr existent. Sie nahm sogar auf dem Beifahrersitz des Opel Kadett Platz, was für mich eine schwere Niederlage bedeutete. Aber es sollte noch schlimmer kommen. Wenige Monate später eröffnete mir Manfred, der Halbbruder von Friedl, dass Monika schwanger wäre, übrigens, wie er meinte, auch von einer Brillenschlange, natürlich nicht von mir. Die Schwangerschaft des jungen Mädchens war damals Gesprächsthema nicht nur im Äuele, sondern im ganzen Dorf. Schwanger mit fünfzehn.

Ein kleiner Trost für mich war damals, dass auch für Friedl die Fenster geschlossen blieben, obwohl er bei keinem Test durchgefallen war. Gerda verliebte sich in einen Gleichaltrigen und interessanterweise leben die beiden heute noch glücklich zusammen. Unglaublich.

Das Polytechnische Jahr neigte sich dem Ende. Die große Frage, wie es mit mir weitergehen sollte, musste in irgendeiner Form beantwortet werden. Wofür taugte ich? In welchem Beruf sollte ich einmal mein Auskommen finden? Für Vater und Mutter war klar, dass ich nur für den Bleistift geeignet wäre. Um einer neuerlichen Pleite bei einer Aufnahmeprüfung aus dem Weg zu gehen, wurde ich in eine private einjährige Büroschule geschickt. Das war die Dr.-Wagner-Schule in der Andreas-Hofer-Straße, die einen guten Ruf hatte. So wurde ich dort angemeldet, was mit einem empfindlichen Schulgeld in Verbindung stand. In dieser Hinsicht hielt aber Dr. Ravelli die schützende Hand über mich, besser gesagt über Mutter. Er griff ihr unter die Arme, wie es häufig in Zukunft passieren sollte. Inzwischen war ihm das Fortkommen von mir und meiner Schwester ein persönliches Anliegen, sodass er auch unsere Ausbildung unterstützte.

12

Auch Vater hatte damals eine Umschulung zu absolvieren, da seine befristete Invaliditätspension auslief. Wegen seiner gesundheitlichen Defekte konnte er nicht mehr in seinem erlernten Beruf als Tischler eingesetzt werden. Auch er musste für den Bleistift umgeschult werden, wie mein Vater grundsätzlich die Büroarbeit bezeichnete. Er wurde zum Heizungstechniker ausgebildet, bekam dann eine Stelle als technischer Zeichner bei einer Heiztechnikfirma. Damals boomte dieser Geschäftszweig, weil überall Ölheizanlagen in die Häuser und Wohnungen eingebaut wurden. Auch die Firma, bei der mein Vater angestellt war, lief recht passabel, aber eines Tages setzte sich der Chef ins Ausland und auf Nimmerwiedersehen ab, sodass die Firma in die ewigen Jagdgründe einging. Vater bekam bald wieder eine Anstellung, diesmal bei einer Firma im Tiroler Unterland, was hieß, dass er am Sonntagabend mit dem Zug ins Unterland reiste und am folgenden Wochenende wieder zurückkehrte. Das war nicht unbedingt angenehm für meinen Vater. Wegen dieses Ortswechsels musste er auch seine Tätigkeit bei der Partei und dem Pensionistenverein zurücklegen. Einmal erkundigte sich ein Funktionär der Sozialisten und Nationalratsabgeordneter nach meinem Vater, weil er schon länger nichts mehr von ihm gehört hatte. Nachdem er die Hintergründe erfuhr, nahm er mit meinem Vater Kontakt auf und vermittelte ihm eine Anstellung an der neu gegründeten Technischen Universität in Innsbruck. Dort wurde ihm die Leitung der Hausarbeiter übertragen. Das war ein großes Glück für meinen Vater, der inzwischen auch schon zu den Endvierzigern gehörte.

Ich besuchte damals die Dr.-Wagner-Schule. Die Direktorin der Bürofachschule, Frau Dr. Wagner, war eine stadtbekannte Persönlichkeit, allein schon wegen ihres Auftretens in der Öffentlichkeit. Sie trug ausschließlich schwarze Lederbekleidung und war stets in Begleitung von zwei Doggen in der Größe von Kälbern unterwegs. Sie war eine strenge Direktorin, die kein Pardon kannte. Am ersten Tag saßen wir Neulinge im überfüllten Warteraum, wo sie plötzlich – ganz in Leder – auftauchte und als erste Aktion gleich zwei Schüler hinausschmiss. „Ihr könnt nach Hause gehen." Was sie verbrochen hatten, weiß ich heute nicht mehr. Aber mich beeindruckte das sehr, auch wenn es wahrscheinlich ein abgekartetes Spiel war, was ich damals aber nicht für möglich gehalten hatte. Jedenfalls absolvierte ich die Dr.-Wagner-Schule. Nach diesem Jahr meinte die Frau Direktor, dass es für mich das Beste wäre, wenn ich das Schuljahr noch einmal wiederholen würde, was natürlich nicht in Frage kam. Aber zumindest lernte ich dort Schreibmaschine schreiben im Zehnfingersystem, und das ganz hervorragend.

Während meine damaligen Freunde ihren vorgegebenen Weg eingeschlagen hatten, einige in höhere Schulen wie die Handelsschule oder die Handelsakademie wechselten oder einen Beruf erlernten wie Friedl, hing ich neuerlich in der Luft. Wie sollte es weitergehen? Was sollte aus mir werden?

Meine Schwester arbeitete zu dieser Zeit als Diätassistentin im Landeskrankenhaus. Sie war dort todunglücklich und hatte dauernd Probleme mit den Vorgesetzten, die vorwiegend Ordensschwestern waren. Sie wollte sich unbedingt verändern. Nach Abschluss der Hauptschule hatte sie die dreijährige Ferrari-Haushaltungsschule, oft auch abfällig als „Knödelakademie" bezeichnet, besucht. Dieser Lehrgang sah aber keinen Maturaabschluss vor, der ihr die Möglichkeit eines Studiums eröffnet hätte. Was Schule und berufliches Fortkommen anlangte, war meine Schwester das absolute Gegenteil von mir. Sie war sehr ehrgeizig, schlechte

Noten empfand sie als persönliche Beleidigung, wobei bei ihr schlechte Noten nur selten vorkamen. Sie hatte selten schulische Probleme, wenn es um die Leistungen ging, aber sie hatte sehr wohl ihre Probleme, vor allem mit ihren Mitschülerinnen, die vorwiegend aus besseren Familien der Stadt stammten, und in dieser Hinsicht fühlte sich meine Schwester etwas benachteiligt. So wäre es ihr nie in den Sinn gekommen, Töchter von höheren Beamten oder von angesehenen Familien zu uns nach Hause einzuladen. Wir hatten inzwischen zwar auch unser Eigenheim, aber alles war sehr einfach, entsprach nicht den Standards ihrer Schulkolleginnen aus der Stadt. Das wäre ihr unangenehm gewesen. Auf alle Fälle wollte sie ihren Job an den Nagel hängen und eine Möglichkeit finden, um die Matura nachzuholen und ein Studium beginnen zu können. Deshalb war sie auf der Suche nach einer höheren Schule mit Maturaabschluss, in die sie einsteigen konnte.

Das war damals auch die Zeit, wo ich eigentlich das erste Mal zu Hause bei meinen Eltern wohnte. Ich hatte mein Zimmer im ersten Stock neben dem meiner Schwester. Neben ihren schulischen Ambitionen hatte sie – und das sollte ich erst später erfahren – auch künstlerische Ambitionen. Meine Schwester steckte voller Pläne. Sie nahm Schauspielunterricht, was ich nicht wusste und was mich auch nicht besonders interessiert hätte. Ich hörte sie nur im Nebenzimmer laut Texte sprechen. Manchmal schien sie geradezu zu schreien, sodass ich mir Sorgen machte und glaubte, dass sie vielleicht übergeschnappt sei oder gerade dabei sei überzuschnappen. Einmal fragte ich meine Mutter, was mit meiner Schwester los wäre, und zur Antwort gab es nur ein Lächeln, ohne eine Antwort auf meine Frage. Aber nach kurzer Zeit war dieser Spuk ohnehin vorbei, weil meine Schwester in Wien bei einer renommierten Schauspielschule vorsprechen war, diese Prüfung nicht bestand und nachher das Interesse für die Bühne verlor. Meine Mutter war froh, dass sie die Künstlerkarriere nicht weiterbetrieb, zumal die Schauspielerei für Frauen nur über die Betten und Besetzungscouchen führte und für dieses Schauspiel war die Schwester nicht zu haben.

Schließlich ergab sich für sie auch noch eine Möglichkeit, die Matura nachzuholen, wobei sie über die Ferien den Stoff von drei Jahren Französisch nachzulernen hatte. Mit ihrem Fleiß, mit Unterstützung einer Nachhilfelehrerin und geplagt von dauernden Kopfschmerzen schaffte sie den Einstieg in die vierte Stufe und schließlich dann auch auf Anhieb die Matura. Dann ging sie an die Pädagogische Akademie, wurde Volksschullehrerin und sollte dort nicht nur ihr berufliches, sondern auch ihr privates Glück finden. Für mich hatten die Bestrebungen meiner Schwester auch ihre Auswirkungen. Auf der Suche nach einer Schule entdeckte meine Mutter das private Aufbaurealgymnasium im Oberland, die Klosterschule in Stams, die bald nach dem Krieg gegründet worden und damals ausschließlich für Spätberufene gedacht war. Es ging um Priesternachwuchs. Inzwischen war es ein halböffentliches Oberstufenrealgymnasium, bei dem noch Schulgeld zu bezahlen war. Jedenfalls wurde ich dort angemeldet und beim Erstgespräch wurde auch sofort die Frage gestellt, ob ich mir vorstellen könnte, einen theologischen Weg einzuschlagen. Bei meinem Vornamen schien das ja naheliegend. Die Frage überraschte mich, als ob ich gefragt worden wäre, den Beruf eines Astronauten anzustreben. Meine Antwort war eindeutig, aber das sollte kein Problem darstellen. Das einzige Problem bestand wieder darin, dass eine Aufnahmeprüfung notwendig war. Diesmal wollten meine Mutter und ihr Chef auf Nummer sicher gehen und ich wurde zu einem Nachhilfelehrer geschickt, der mit mir all das paukte, was ich eigentlich schon längst wissen hätte sollen. Die Aufnahmeprüfung dauerte einen ganzen

Tag. Das Ergebnis wurde schriftlich mitgeteilt. Und diesmal war der Brief, der zu Hause einflatterte, niederschmetternd. Nicht bestanden. Es war unfassbar. Was sollte man da noch sagen? Was sollte man mit so einem Menschen anfangen? Trotz der vielen Nachhilfestunden, trotz dieser Vorbereitung, ein hoffnungsloses Unterfangen. Aber nach einer kurzen verzweifelten Phase gab es dann dennoch eine Lösung. Mutter ließ nicht locker. Nach Rücksprache mit dem Büro des Aufbaurealgymnasiums wurde uns vorgeschlagen, dass in diesem Jahr das erste Mal die Möglichkeit bestünde, ein Übergangsjahr zu belegen. Dafür war keine Aufnahmeprüfung notwendig. Hier wurden nur die Hauptgegenstände unterrichtet und bei positivem Abschluss war der Auf- und Einstieg in die Oberstufe ohne Prüfung möglich. Das war die Lösung. So kam sogar ich noch in eine höhere Schule.

Die Übersiedlung ins Internat brachte für mich große Umstellungen mit sich. An so einen geregelten Tagesablauf wie dort war ich in meinem bisherigen Leben nicht gewohnt und vor allem bedeutete es die Trennung von meinen Freunden.

Im Internat hieß es um sechs in der Früh Tagwache, dann Waschraum und Körperpflege, wobei ich hier zum ersten Mal regelmäßig meine Zahnpflege in Angriff nahm, denn während meiner ganzen Kindheit bei Großmutter kannte ich weder Zahnbürste noch Zahncreme.

Nach dem Waschraum ging es – wir waren ja in einem Kloster – zum Morgengebet, danach wieder zurück zum Studium. Die Zimmer waren sehr spartanisch eingerichtet, vier Stahlrohrbetten, vier Kleiderkästen, ein größerer Tisch, vier Stühle. Das war die Unterbringung. Dann kamen das Frühstück, die Schule, nach der Schule Mittagessen, dann Freizeit mit der Möglichkeit zu Spaziergängen, die wir auch dafür nutzten, uns im Lebensmittelgeschäft Wurstsemmeln oder Gabelbissen zu besorgen, denn die klösterlichen

Mahlzeiten strotzten nicht gerade vor Üppigkeit für Heranwachsende. Am Nachmittag dann wieder Studium bis zum Abendessen mit einer anschließenden Freistunde, um am Abend noch eine weitere Stunde beim Studium zu verbringen. Dann wieder Waschraum und um zehn Dunkelheit. Die Studierzeiten waren in den Zimmern bei offenen Türen und unter Beaufsichtigung eines auf und ab gehenden Mönches, der in der Bibel las. Natürlich Schweigestudium, natürlich kein Radio oder andere Abwechslungen. Zweimal in der Woche gab es Fernsehabende, am Montag „Sport am Montag“ und am Donnerstag ein Abendkrimi. Wenn es zu disziplinären Schwierigkeiten kam, war die erste Maßnahme immer Fernsehverbot. An den Wochenenden hatten wir frei; von Samstagmittag bis Sonntagabend. Ab acht Uhr abends mussten wir im Internat sein und der Besuch eines Tanzlokals war grundsätzlich verboten. Alle vier bis fünf Wochen durften wir – abgesehen von den größeren schulfreien Zeiten wie Allerheiligen, Weihnachten, Ostern, Pfingsten – nach Hause fahren. Durch diesen Zyklus verlor ich fast ganz den Kontakt zu meinen Freunden daheim. Mit dem Fußball im Heimatverein war es vorbei, diese Karriere war zu Ende. „Schade, dass du nicht mehr dabei bist“, meinten meine Freunde, die inzwischen schon in der Kampfmannschaft ihre Plätze hatten, „in ein, zwei Jahren hättest du sicher einen Stammplatz in der Ersten gehabt.“ So verliefen sich auch die bisherigen Freundschaften immer mehr. Natürlich spielte ich im Internat weiter Fußball und zufälligerweise waren in unserer Klasse viele gute Kicker. Vor allem im zweiten Jahr, nach dem Aufbaujahr. Fast jede freie Minute kickten wir am Sportplatz oder in der Turnhalle und wir waren so gut, dass uns auch die Professoren wöchentlich einmal am Abend für die Matches in die Turnhalle holten. Gegen uns hatten sie keine Chance, sodass wir immer gemischt spielten, und unsere Qualitäten reichten sogar dafür, dass unsere Mannschaft bei einem tirolweiten Turnier den Siegerpokal holte. Aber bald darauf sollte für längere Zeit Schluss mit dem Fußball sein.

In vielen Dingen gehörte ich immer zu den Spätzündern, unter anderem auch beim Wachstum, denn plötzlich, mit sechzehn Jahren, schoss ich gewaltig in die Höhe. In der Volks- und Hauptschule war nur der Neurauter Johann immer kleiner als ich. Er nahm bei der Körpergröße stets den letzten Platz ein und darum hatte er auch den Spitznamen „Fliege". Jetzt plötzlich schoss ich innerhalb kürzester Zeit auf über eins achtzig in die Höhe. „Mein lieber Schwan, jetzt hast du aber einen Schub gemacht", hieß es immer wieder. Das schnelle Wachstum wirkte sich natürlich auch auf mein Befinden aus, in Form von Schwindelanfällen und Ähnlichem. Bereits früher hatte ich hin und wieder solche Anfälle, wo das Herz förmlich umsprang und der Puls von einer zur nächsten Sekunde in die Höhe jagte. Paroxysmale Tachykardie. Dieser Zustand stand mit heftigen Angstzuständen in Verbindung.

Einmal beim Federballspielen mit meinem Cousin wurde mir schlecht, Angst überkam mich und ich ging ins Haus zu Oma. Mein Cousin wollte wissen, was los sei. „Mir ist schlecht", sonst wusste ich nichts zu sagen. Mein ganzer Körper war nur noch Unruhe und Nervosität. Der Zustand besserte sich über Stunden nicht. Dann kam Dr. Gerscha und fühlte meinen Puls, er gab mir Ratschläge: kaltes Wasser trinken, mit den Fingern kurz auf die Halsschlagadern drücken. Mit diesen Ratschlägen ließ er mich zurück. Er meinte, wenn es in einigen Stunden nicht wieder in Ordnung sei, dann sollten wir in die Klinik fahren. So wie dieser Anfall ganz überraschend gekommen war, so hörte er auch mit einem Schlag auf. Von einer Sekunde zur nächsten. Danach überfiel mich eine große Müdigkeit, verbunden mit einem großen Glücksgefühl. Während des Wachstums hatte ich solche Anfälle immer wieder. Meistens dauerten sie aber nur kurze Zeit, eine halbe Stunde oder etwas mehr. Dann war es wieder vorbei. Aber die Angst davor verunsicherte mich. Bei jeder kleinen Aufregung schlug mein Herz heftig, bis hinauf in die Ohren.

Einmal erwischte es mich im Turnunterricht, während eines Volleyballspieles. Ich sprang auf, um einen Ball zu blocken, riss die Arme in die Höhe und in diesem Moment merkte ich wieder dieses unangenehme Gefühl in der Magengrube. Ich meldete mich ab und ging aufs Zimmer. Nervös ging ich im Zimmer auf und ab. In so einem Zustand konnte ich mich nicht hinlegen, zu groß war die Unruhe. Der Anfall hörte nicht auf, es wurde Mittag, es wurde Nachmittag. Ich telefonierte mit meiner Mutter und als es am Abend immer noch nicht besser war, kam meine Mutter mit ihrem Chef ins Internat. Als sie ins Zimmer traten, war der Anfall wieder von einem Moment auf den anderen beendet. Es war, als ob das Herz umschalten würde. Meine Erleichterung war grenzenlos und ich fiel meiner Mutter um den Hals. In den folgenden Monaten traten immer wieder ganz unvermittelt diese Zustände auf, sodass ich immer noch verunsicherter wurde. Auch verlor ich das Interesse an der Schule, obwohl ich keine Probleme hatte, trotz jeder Menge von Fehlstunden. Inzwischen fuhr ich immer häufiger nach solchen Vorfällen nach Hause und blieb jedes Mal einige Tage dort. Mein gesundheitlicher Zustand belastete meine Mutter, Vater sah das eher gelassen und meinte stets, das hänge mit dem Wachstum zusammen und werde sich früher oder später von selbst regeln. Dr. Ravelli vermittelte mich an einen befreundeten Internisten an der Klinik, der mich untersuchte. Er stellte fest, dass die Ursache für diese Zustände im vegetativen Bereich liegen würde. Das Herz sei völlig gesund. Das Problem liege beim fehlerhaften Zusammenspiel zwischen Sympathicus und Parasympathicus und komme aufgrund von „Fehlzündungen“ zustande. Darum rumpelte es immer wieder durch diese Extrasystolen, wie er mir erklärte. Er verschrieb mir Medikamente, die ich regelmäßig nehmen musste, und diese waren eine Hilfe, sodass sich diese Tachykardien nur noch ganz selten einstellten. Auch riet er mir, dass ich weiterhin regelmäßig Sport betreiben sollte, und dass ich mich mehr auf Ausdauersportarten verlegen sollte. Fußball oder Tennis wären wegen der ruckartigen Bewegungen nicht ideal für mich. Es gebe genug Menschen, die mit solchen Attacken leben müssten, aber für einen jungen Körper seien diese nicht allzu bedrohlich. Auch denke er, dass sich diese Anfälle mit der Zeit „auswachsen“ werden. Trotzdem dürfe man sie nicht bagatellisieren. In der Schule und im Internat galt ich als „herzkrank“, was auch gewisse Vorteile bringen sollte. Meine Mutter war verunsichert, denn indirekt wurden ihr auch Vorwürfe dahingehend gemacht, dass ich durch die Schule überfordert wäre, dass der Ehrgeiz meiner Mutter mit ausschlaggebend für meine Krankheit wäre. Das belastete meine Mutter, und auch wenn sie keine Vorstellung hatte, was ich weiter machen sollte, stellte sie mir zumindest halbherzig die Frage, ob ich die Schule weiter besuchen wollte. Das war damals für mich noch kein Thema. Ich hätte ja auch nicht gewusst, was ich tun hätte sollen. Außerdem passte mir das geregelte Leben in der Klosterschule recht gut. Aber trotzdem musste in unserer Familie irgendwie ein Hund begraben sein, denn ungefähr zur gleichen Zeit hatte auch meine Schwester mit diesem Herzflattern ihre Probleme. Das war zwar keine Beruhigung für mich, aber mit der Zeit und durch die Einnahme der Medikamente stabilisierte sich mein Zustand, sodass ich kaum noch Probleme mit dieser „Wachstumsstörung“ hatte.

Jahre später – Dr. Gerscha war schon verstorben – erwischte es mich zu Hause noch einmal und unser junger Hausarzt kam ins Haus und injizierte mir Isoptin, worauf der Anfall in der nächsten Minute vorbei war. Das verlieh mir zusätzlich die Sicherheit zu wissen, dass es eine ärztliche Behandlung gab, die sofort wirkte, nicht so wie früher, wo man einfach abwarten musste, bis sich die Situation von selbst wieder regelte. Das Wort „Isoptin" nahm mir viel Angst.

Durch meine besondere Situation und dadurch, dass ich und auch mein Schulfreund Alois älter waren als der Rest der Klasse, und da das Internat wegen der großen Nachfrage aus allen Nähten platzte, sollte uns ein besonderes Privileg zuteilwerden. Wir bekamen ein Zimmer in der Klausur zugeteilt. Damit waren wir sofort einverstanden, denn das brachte einige Vorteile für uns. Vor allem standen wir nicht mehr so unter Aufsicht wie im normalen Internat. Wir mussten keine vorgeschriebenen Studienzeiten einhalten und auch sonst hatten wir größere Freiheiten.

Bis zur siebten Klasse hatte ich kaum schulische Probleme, was sich dann aber massiv ändern sollte. In den Sommerferien davor hatte ich eine Liebesaffäre, die natürlich ganz unglücklich verlief und die mich zutiefst erschütterte. So kehrte ich unglücklich und am Boden zerstört in die klösterliche Klausur zurück. Im neuen Schuljahr bekamen wir noch das neue Fach Darstellende Geometrie vom Lehrplan aufgebrummt. Die unglückliche Liebe und Darstellende Geometrie warfen mich völlig aus der Bahn. Zur Geometrie fehlte mir völlig der Zugang. Die zweidimensionale Darstellung des dreidimensionalen Raumes wollte mir nicht in den Kopf und in Verbindung mit dem Liebesunglück kam mir jegliche Lust an der Schule abhanden, sodass sich auch Nachlässigkeit in allen anderen Fächern einstellte.

Damals freundete ich mich mit einem externen Schüler an, der als schwieriger Zeitgenosse bekannt war. Er war fast schon kleinwüchsig, hochintelligent und redete andauernd von Selbstmord. Er wollte sich mit dem Gift der Tollkirsche beseitigen. Wenn er nicht von Selbstmord redete, dann hatte er die Vorstellung, als Mönch am Berg Athos zu leben oder in ein Kartäuserkloster in Slowenien einzutreten. Die Kartäuser waren nach seiner Erzählung der strengste Orden und bei den Kartäusermönchen herrschte ein striktes Redeverbot und die Mönche würden auch in ihren Särgen schlafen. Da wollte mein Schulfreund hin und er verschwand dann auch immer wieder für einige Wochen und besuchte angeblich dieses und auch andere Klöster mit den strengsten Ordensregeln.

Interessanterweise gehörte er trotz seiner zahlreichen Fehlstunden zu den Besten in der Klasse und die Darstellende Geometrie beherrschte er mit links. Auch hatte er großes künstlerisches Talent und unser Kunsterzieher, selbst ein anerkannter Künstler, meinte immer wieder, er solle nach der Matura auf die Kunstakademie in Wien wechseln. Aber eine Künstlerlaufbahn schien meinen Freund nicht zu interessieren. Sein Interesse galt dem Selbstmord und den Kartäusern. Ich verbrachte viele Nachmittage bei ihm in seinem Untermietzimmer. Manchmal versuchte er auch mir Darstellende Geometrie beizubringen, aber das war hoffnungslos. Im Radio hörten wir am Nachmittag immer die „Musicbox" und sehr häufig die traurigen Songs von Leonard Cohen. Seine Lieblingsautoren waren Hermann Hesse, dessen „Glasperlenspiel" und der „Steppenwolf", und Franz Kafka, vor allem Franz Kafka. Besonders interessierten ihn dabei die tragischen Liebesverhältnisse des Prager Versicherungsangestellten und Jahrzehnte später sollte ich zufällig mit meinem damaligen Freund in Kontakt kommen und er war noch immer dieser zerrissene Geist wie in der Schulzeit und erzählte mir, eher beiläufig, dass er damals eine Freundin gehabt hätte, die sich aber auch mit anderen vergnügte, und als er das erfuhr, traf ihn das so hart, dass er sich sofort mit Tollkirschen aus dem Weg räumen wollte. Inzwischen lebte er mit einer Religionslehrerin zusammen und produzierte Bilder.

Während sich in der siebten Klasse mein damaliger Freund also mit den verrückten Mönchen und der Tollkirsche auseinandersetzte, hatte auch ich meine doch eher vagen Zukunftspläne. Ich wollte die Schule verlassen und in die USA auswandern und alles zurücklassen. Natürlich weihte ich meine Eltern nicht in dieses Vorhaben ein, sondern sagte bloß, dass ich mein Englisch verbessern wollte. Also begann ich mich dafür zu interessieren und es gelang mir auch, eine Verbindung zu einer YMCA herzustellen, die mir eine Arbeit in einem Sommerlager in Minnesota vermittelte. Ich nahm Kontakt mit Tom Klenz auf, der Leiter eines Jugendlagers in Sturgeon Lake war. Er sagte mir zu, dass er mich über die Sommermonate im Jugendcamp als *counselor* beschäftigen würde. Von der Botschaft in Wien erhielt ich ohne Probleme ein Visum über vier Jahre. Also stand einer Auswanderung nur noch wenig im Wege. Ich musste die Schulklasse um drei Wochen früher verlassen. In Darstellender Geometrie hatte ich vorher noch eine entscheidende Prüfung abzulegen, die über vier oder fünf – also Wiederholungsprüfung im Herbst – entscheiden sollte. Natürlich rasselte ich wieder einmal durch. Der Professor holte mich danach noch zu einem Gespräch in sein Büro. Er entschuldigte sich beinahe, dass er mir ein Nicht genügend geben müsste. Ich antwortete ihm, dass mir das klar wäre. Die Sache belastete mich nicht besonders, weil ich ja ohnehin andere Pläne hatte. So verließ ich die Klosterschule Richtung USA, fuhr von New York mit dem Greyhound nach Chicago, stieg in den Bus nach Minneapolis/St. Paul um, dann in den Bus Richtung Duluth am Michigan See, wo mich Tom Klenz an der Haltestelle in Willow River abholte und mich ins Camp beim Sturgeon Lake brachte. Dort hatte ich Kinder zwischen acht und zwölf zu betreuen, die aus schwierigen sozialen Verhältnissen kamen. Am Morgen hissten wir die Flagge, es gab das Motto zum Tag und dann den „Yankee Doodle“. Am Abend wurden ein Lagerfeuer entfacht und Marshmallows über die Flamme gehalten und Frankfurter gebraten und die Fahne wieder bei entsprechender patriotischer Musik heruntergeholt und genau nach Vorschrift zusammengelegt. Einmal fiel mir diese zu Boden und die bösen Blicke von Tom Klenz verfolgen mich noch heute.

Meine Aufgaben im Camp bestanden neben der Aufsicht – wir schliefen in Holzbaracken – darin, dass ich den Buben *canoeing* und Fußball beibrachte. Ich war mein Lebtag noch nie in einem *canoeing*-Boot gesessen, aber nach einem Schnellsiedekurs paddelte ich mit den Jungs täglich auf den See hinaus und am Nachmittag versuchte ich ihnen Fußball beizubringen, was nicht so ohne war, weil die mit Fußball wenig anfangen konnten. Meistens nahmen sie die Hände zu Hilfe. Aber das war nicht so wichtig, Hauptsache, die Burschen hatten ihren Spaß. Und Spaß hatten wir wirklich. Da ich aus Österreich war, redeten mich alle auf „Sound of Music“ an, jenen Film, den ich nicht kannte, und die anderen *staff*-Mitglieder wollten immer, dass ich jodeln sollte und auch „so komisch herumhüpfen“. Sie meinten „Schuhplattln“. Leider konnte ich damit nicht dienen. Andererseits konnte ich sie aber mit meinem Bierkonsum beeindrucken, denn einmal in der Woche hatten wir *night off* und da fuhren wir immer in die gleiche Bar und bestellten mehrere Pitcher Bier, also einen Zwei-Liter-Krug, und ich trank dann immer so viel, dass sie mich schließlich betrunken auf die Ladefläche eines Pick-ups legten und mich so nach Hause brachten.

Interessanterweise erhielt ich von meiner Mutter einen Brief, wo sie mir voll Freude mitteilte, dass ich in Darstellender Geometrie ein Genügend bekommen hätte, also in die Maturaklasse ohne Wiederholungsprüfung aufsteigen konnte.

Was meine jugendlichen Auswanderungspläne anlangte, hatte ich ja keine genauen Vorstellungen, wie es mit mir nach dem Sommercamp in der Neuen Welt weitergehen sollte. Meine Absichten waren auch nicht unbedingt in Stein gemeißelt, eher brüchig, auf jeden Fall nicht durchdacht, und entsprangen eher einem Gefühl von Selbstmitleid. Als das Sommercamp nach zwei Monaten beendet war, bot mir Tom Klenz an, dass ich im kommenden Jahr wieder am Sturgeon Lake arbeiten könnte. Aber was sollte ich in der Zwischenzeit unternehmen? Ich kannte niemanden in den USA, ich hätte nicht gewusst, wohin ich mich hätte wenden können. Meine Auswanderungspläne erlöschten wie ein Strohfeuer. Ich erhielt meinen Lohn und dazu gehörte auch ein Ticket mit dem Greyhound zurück nach New York, ein einwöchiger Aufenthalt im YMCA-Hotel in der dreiundzwanzigsten Straße und auch das Rückflugticket zurück nach Europa. Mit meinem Seesack, den mir mein Tapezierer-Onkel eigens für die Reise genäht hatte, fuhr ich also nach New York und bezog für eine Woche ein Zimmer gemeinsam mit einem Deutschen, der in einem anderen Camp gearbeitet hatte. Der Bursche war voll Tatendrang, ganz im Gegensatz zu mir. Ich verließ das Zimmer nur, um mir etwas zum Essen und zum Trinken zu holen, ansonsten lag ich vor dem Fernsehapparat und schaute die Wahl zur Miss USA, die über eine ganze Woche lief. Spät am Abend kam der Deutsche völlig ausgelaugt zurück und fragte, was ich gemacht hätte. Er war völlig aus dem Häuschen über meine Antwort. Er versuchte mich zu ermuntern, doch etwas zu unternehmen. Ich hatte aber keine Lust. Im Hotel war auch ein Spanier. Ich kannte ihn vom Einkaufen. Einmal fragte er mich, was ich am Abend machen würde, und er lud mich für den Abend ein, zu ihm auf sein Zimmer zu kommen. Zwei befreundete Musiker würden kommen, die in New York waren, um ihre neue LP aufzunehmen. Das Zimmer war zwei Stockwerke tiefer und ich ging am Abend hinunter und wir tranken Bier und unterhielten uns. Später tauchten die zwei Musiker auf. Auch sie tranken Bier, aber nicht übermäßig viel, und einer bat, dass man bitte nicht rauchen sollte, obwohl das Fenster geöffnet war. Unterbrochen von belanglosen Gesprächen, griffen die beiden immer wieder zu ihren Gitarren und präsentierten einige Nummern aus ihrem Repertoire. Spät in der Nacht machten wir uns auf den Weg ins Chinesen-Viertel, wo wir etwas speisten, ehe sich die beiden Musiker verabschiedeten. Einer der beiden Musiker war kein Geringerer als Cat Stevens und als ich das dem Deutschen am nächsten Tag erzählte, war er völlig fertig. Er lief wie ein Verrückter durch die Stadt, um alles einzusaugen, und ich, der nichts unternahm, hatte ein Hotelkonzert mit Cat Stevens. Jedenfalls forderte er mich nicht mehr auf, etwas zu unternehmen, sondern ließ mich wortlos vor dem Fernsehapparat liegen. Ich kehrte nach Europa, nach Hause und in die Klosterschule zurück und ich sollte dann auch – was für mich ansonsten ungewöhnlich war – die Matura auf Anhieb schaffen.

13

In den Siebzigerjahren hatten wir einige Zeit sogar so etwas – was wir bis dahin nie gehabt hatten – wie ein durchschnittliches Familienleben. Wir vier lebten im Haus am Weingarten zusammen, ich versuchte mich auf der Universität, die Schwester unterrichtete in einer Volksschule, Mutter war als Assistentin für Röntgentherapie bei der Krankenkasse tätig und Vater hatte seine Anstellung als Hausarbeiter an der Technischen Universität in Innsbruck.

Meine Mutter erledigte zusätzlich den Haushalt und kümmerte sich um den Garten, dem sie immer mehr Aufmerksamkeit schenkte. Dafür hatte sie eine großartige Hand. Bäume wurden gepflanzt, Sträucher gesetzt, Blumenzwiebeln vergraben, sogar meine Oma kam hin und wieder vorbei und half bei der Arbeit mit.

Am Sonntag saßen wir, wenn es das Wetter erlaubte, im Freien, tranken Kaffee und es gab Kuchen, und im Regionalradio lief das Wunschkonzert mit Margit Humer-Seeber. Häufig kamen Besucher vorbei und fast alle redeten von einem Paradies, in dem wir lebten, wenngleich einige einen Blick auf die bedrohliche Felswand warfen, die hinter unserem Haus emporragte.

„Habt ihr keine Angst, dass ein Steinschlag herunterkommt?" Aber Vater hatte für diese Befürchtungen nur eine Handbewegung übrig, die Gelassenheit ausdrückte. „Was soll da herunterkommen?"

Mein Vater war ein Mensch, der immer eine Beschäftigung, eine Arbeit brauchte. Entweder, dass er bei anderen aushalf oder dass er bei uns zu Hause irgendwelche Umbaupläne, einen Zubau, den Ausbau im Keller in Angriff nahm. Nur an den Sonntagen ließ er, ganz im Gegensatz zu früher, die Arbeit ruhen, aber diese Ruhe diente nicht nur zur Erholung und um einmal eine Pause einzulegen, sondern auch dazu, um immer wieder neue Pläne zu schmieden. Der Vater konnte einfach keine Ruhe geben.

Darum dauerte es nicht lange, bis er wieder eine Idee im Kopf hatte. Als meine Mutter mitbekam, was meinen Vater beschäftigte, geriet sie ganz außer sich. Er wollte – so wie einige seiner Geschwister auch – auf Thomasegg ein Wochenendhaus errichten. Von dieser wahnsinnigen Idee hielt sie überhaupt nichts, aber Vater war nicht umsonst vom Sternzeichen Steinbock. Er handelte auch so. Meine Mutter drohte ihm, dass sie ihn nicht unterstützen würde, dass er nicht mit ihrer Hilfe rechnen könnte, weil das Ganze keinen Sinn machte. „Wofür brauchen wir ein Wochenendhaus auf Thomasegg? So ein Blödsinn. So ein Wahnsinn“, geriet sie ganz außer sich. „Jetzt haben wir es endlich geschafft, unser Heim unter größten Mühen im Weingarten so weit zu bringen, dass wir es genießen können.“ Und bitterböse fügte sie hinzu: „Dieses Projekt wird deine Gesundheit endgültig ruinieren.“

Aber all ihre Drohungen nützten nichts, zu sehr steckte er schon in diesem Unternehmen drinnen. Auch alle Warnungen seiner Freunde und Bekannten schlug er in den Wind, ebenso wie die Mahnung seiner Mutter, die ins gleiche Horn stieß: „Du hast in deinem Leben viel mit Krankheiten zu kämpfen gehabt. Jetzt gehst du schon auf die fünfzig zu. Ich an deiner Stelle würde mir das sehr gut überlegen.“ Das Vorhaben war, gelinde gesagt, äußerst abenteuerlich, aber Vater war nicht mehr davon abzubringen.

Mein Vater hatte sich als Jugendlicher nach seinem Unfall geschworen, dass er Thomasegg in seinem Leben nie wieder betreten würde. Jetzt waren aber einige seiner Geschwister mit ihren Hüttenbauten auf Thomasegg beschäftigt. Da wollte er nicht zurückstehen, das trieb ihn an. Alle hatten sich ein Stück Alm als Erbe überschreiben lassen und begannen sich Wochenendhäuser – Kochhütten, wie es hieß – zu errichten. Auch sie hatten alle im Tal bereits ihre Einfamilienhäuser errichtet und ihre Tüchtigkeit strebte jetzt nach neuen Herausforderungen.

Als Kinder hatten dort alle ihre Sommermonate verbracht und jetzt wollte man das auch in Hinkunft in einer eigenen komfortableren Hütte, einem Rückzugsort für die Erholung, wieder erleben, wie es hieß. Meine Großeltern waren beide bis zu ihrem Lebensende fast jeden Sommer auf der Alm. Auch ich kam als Kleinkind häufig in den Genuss, einige Wochen mit Tanten und Onkeln dort zu verbringen und bei der Heuernte und den üblichen Arbeiten dabei sein zu dürfen.

Auch nachdem mein Großvater bereits gestorben war, verbrachte Großmutter ihre Sommer oben in den Bergen in der alten, wunderbaren Holzhütte. Sie hatte sogar stets einige Haustiere bei sich, Hasen, Hühner und auch einige Schafe. Diese ließ sie sogar in die Hütte herein, wenn draußen ein grausliches Wetter war. Wehmütig sagte sie manchmal: „Dieses Schaf war noch mit uns auf Thomasegg, als mein Mann noch gelebt hat." Großmutter verstarb übrigens in jenem Sommer, als in Wien die Reichsbrücke einbrach und in China der Diktator Mao Tse-tung seinen Löffel für immer abgab.

Auch mein Vater bekam eine Parzelle überschrieben, die aber gleich auf meinen Namen eingetragen wurde. Dabei war die Lage des Grundstücks noch ein Thema. Um die Alm nicht zu sehr zu zerstückeln, wurde den Geschwistern jeweils nur ein kleiner Teil übergeben, und die Grundstücke lagen alle nebeneinander. Da wollte mein Vater aber kein Grundstück. Er wollte ein Grundstück am oberen Ende, das abseits von den anderen lag, was ihm auch zugesprochen wurde.

Für den Bau dieser Wochenendhäuser war Thomasegg

völlig ungeeignet, denn es führte noch immer kein befahrbarer Forstweg direkt auf die Alm. Die Lieferung des Materials war das letzte steile Stück nur mit einer Materialseilbahn möglich. Die Geschwister meines Onkels verfügten inzwischen über eine solche Hilfsmaßnahme. Da Vaters Grundstück noch abgelegener war, musste er selber eine Bahn bauen. So nahm er dies unter Mithilfe von Verwandten und Bekannten in Angriff. Noch gut erinnere ich mich, wie mein Onkel Willi, ein kraftstrotzender Mann, den achtzig Kilo schweren Dieselmotor auf den Rücken geschnallt den steilen Hang hinauftrug. Es war ein unmenschlicher Kraftakt und als er ankam, glühte sein Kopf so sehr, dass man fürchten musste, er würde explodieren, und seine Halsschlagadern waren dick wie zwei Gartenschläuche.

Das Tragseil, gut vierhundert Meter lang, wurde gespannt, eine notdürftige Holzhütte aufgestellt, und unter der Oberaufsicht von Onkel Willi, der von Beruf Schlosser und Schmied war und als solcher viele Heuaufzüge für Bauern errichtet hatte, wurde der Aufzug in Betrieb genommen. Mein Vater nannte ihn stets die „Geisterbahn", die auch eine frappante Ähnlichkeit mit der Konstruktion von Alexis Sorbas aufwies. Das Ganze erfolgte natürlich ohne irgendwelche Bewilligungen oder behördliche Auflagen, alles wurde wild und ungestüm verwirklicht. Der Großteil der Alm war seit Generationen im Familienbesitz und darum kümmerte sich niemand um etwaige Vorschriften. Der Bau der Kochhütten fiel noch in eine Zeit, in der der Wohlstand Einzug hielt und sich ein jeder, der fleißig und gesund war, etwas schaffen konnte.

Selbst die notwendigen Bewilligungen für solche Kochhütten waren damals weiter kein Problem. Auch für Vater wäre so eine Bewilligung kein Problem gewesen, aber er verzichtete darauf. „Wozu Geld für Stempelmarken ausgeben", war seine Begründung, eine Ansicht, die noch so manche

Schwierigkeit mit sich bringen sollte. Mein Vater war damals für die Sozialisten im Gemeinderat und der Bürgermeister war ein guter Freund.

Jedenfalls hatte Vater seinen Aufzug und es konnte mit den Lieferungen losgehen. Das war natürlich auch wieder nicht ganz so einfach, denn um zur Talstation der Geisterbahn zu gelangen, musste man erst einmal dorthin kommen. Zwischen dem Tal und der Geisterbahn lagen gut zehn Kilometer Entfernung. Zum Großteil eine schottrige Forststraße mit 132 Kurven. Vater hatte jedenfalls immer behauptet, dass es 132 Kurven bis zur Geisterbahn wären. Dazu kam, dass mein Vater zwar einen Führerschein besaß, aber kein Fahrzeug für solche Lieferungen. Der VW Käfer, mit dem meine Eltern täglich in die Arbeit fuhren, war alles andere als dafür geeignet. Darum musste er für jede Fuhre jemanden auftreiben, der zumindest einen Traktor mit Anhänger besaß.

Dann konnte es endlich tatsächlich mit der Lieferung des Materials für unseren Prachtbau losgehen. Tagelang stand mein Vater an der stinkenden, rauchenden Dieselmaschine, gerade das Richtige für meinen armen Vater, und eine Fuhre nach der anderen wurde in die Höhe gezogen. Für die Kommunikation hatten wir ein Grubentelefon, das in einer Kohlengrube in Lothringen im Einsatz gewesen war. Zuerst wurden der Schotter, der Zement für die Fundamente geliefert. Dann kam die Lieferung der Holzbretter. Bei einer Fahrt konnte man höchstens zehn bis zwölf Bretter befördern und jede dauerte mit dem Be- und Entladen gut eine halbe Stunde. Und natürlich ging die ganze Angelegenheit alles andere als reibungslos vonstatten. Belud man die Kiste nicht sorgfältig, dann konnte es leicht passieren, dass sich das Ende eines Bretts an einem Baumast verfing und es zu Komplikationen kam. Besonders gefährlich waren die Talfahrten der Kiste. Ungefähr auf halber Strecke war ein kleiner Knick bei einer Stütze, das Tragseil machte eine Richtungsänderung und um diese sicher zu passieren, musste man vorher leicht abbremsen, damit die Kiste nicht geradeaus im Gelände landete. Das passierte immer wieder, besonders nachmittags, denn der Vater benötigte bei dieser schweren Arbeit im Lauf des Tages einige Flaschen Bier und das erhöhte das Risiko, weil die Konzentration nachließ. Jedenfalls konnte man in der Talstation, wo ich mich meistens befand, sehr deutlich einen Knall vernehmen, wenn die Kiste wieder einmal im Gelände landete. Dann quietschte das Grubentelefon und es hieß, sich zur Unfallstelle aufzumachen. Mit aller Kraft musste ich die Kiste mit beiden Händen am hinteren Ende festhalten, Widerstand erzeugen, damit Vater langsam losfahren konnte und wir das Gefährt wieder zum Ausgangspunkt brachten. Jedes Mal eine Tortur, und da kann man verstehen, dass sich meine Begeisterung für die Tage auf Thomasegg in Grenzen hielt.

Am Samstag in der Früh klopfte mein Vater stets an meine Schlafzimmertür, öffnete diese kurz und meinte: „Und, sind wir so weit?"

Der Vater hatte die Holzhütte sehr geräumig geplant, sogar mit einem zweiten Stock. Da mein Vater immer freiwillige Helfer zur Verfügung hatte, war die Außenhülle der Hütte in kürzester Zeit aufgestellt. Dann brach der Herbst herein und der erste Schneefall legte sich auf die Alm. Die Arbeiten mussten bis zum Frühjahr eingestellt werden. Am letzten Arbeitstag auf Thomasegg meinte ein Freund zu meinem Vater, er sollte doch zur Sicherheit einige Stützpfeiler unterstellen, für alle Fälle. Aber Vater sah dafür überhaupt keine Notwendigkeit. „Auf diesen Firstbaum kannst du Lokomotiven draufstellen", sagte er voller Überzeugung, „Ich habe ihn sogar bei uns auf der Technik von einem Professor testen lassen."

Das Werkzeug zusammengepackt, alles aufgeräumt, so weit wie möglich alles winterfest gemacht, noch ein Feierabendbier und ein großer Schnaps getrunken und die Alm für dieses Jahr verlassen. Bald darauf stellte sich in den Bergen der Winter ein, der ungewöhnlich viel Schnee bringen sollte und eine prachtvolle Winterlandschaft, wie schon seit Jahren nicht mehr, lieferte.

Jeden Sonntag ging mein Vater pünktlich um elf ins Café Elisabeth und trank zwei Flaschen Bier, ehe er zum Mittagessen nach Hause ging.

An so einem Sonntag kam Hansjörg Egger ins Café, weil er meinen Vater suchte. Es war ein bitterkalter, aber herrlicher Wintertag. Hansjörg, der winterfeste Bergbekleidung trug, war ein guter Bekannter meines Vaters und er setzte sich an den Tisch und sagte zu meinem Vater: „Hugo, ich glaube, jetzt trinken wir erst einmal einen großen Cognac." Mein Vater hatte nichts dagegen einzuwenden und Hansjörg bestellte für beide einen doppelten Cognac. Sie stießen an und Hansjörg hatte einen sorgenvollen Blick aufgesetzt, ehe sie den großen Cognac ohne mit der Wimper zu zucken hinunterspülten. Mein Vater hatte die Angewohnheit, dass er seine Augen fast schon theatralisch zusammenpresste, wenn er scharfe Sachen trank. Diese Angewohnheit stand im Zusammenhang mit Mutter, weil er ihr zeigen wollte, wie sehr er solche scharfen Sachen verabscheute. Diese Grimasse setzte er auch jetzt auf, obwohl Mutter nicht da war.

„Hugo, ich glaube, wir brauchen noch einen Doppelten", meinte Hansjörg und bestellte. Mein Vater überlegte kurz, was der Grund für diese Cognacs sein könnte. Er hatte keine Idee, als sie das Zeremoniell ein weiteres Mal wiederholten.

„Du, Hugo", setzte Hansjörg mit großer Vorsicht an, „ich komme grade vom Berg, habe eine Runde gedreht, bin auch bei Thomasegg vorbeigekommen."

„Heute ist ein prachtvoller Tag", sagte mein Vater, „etwas kalt."

„Ich bin bei dir oben vorbeigekommen und es schaut aus,

als ob dort eine Bombe eingeschlagen hätte. Der Schnee hat die Hütte eingedrückt."

„Das gibt es nicht."

„Ich komme gerade von Thomasegg."

Der Wirt, der beiläufig das Gespräch mitgehört hatte, brachte ganz unaufgefordert noch einen doppelten Cognac für beide.

„Das ist unmöglich. Das gibt es nicht. Da muss jemand dahinterstecken."

Daraufhin machten sich Hansjörg und mein Vater auf den Weg nach Thomasegg. So weit es möglich war, legten sie den Weg mit dem Auto zurück, und nach einer guten Stunde Fußweg waren sie an Ort und Stelle. Die Hütte hatte es förmlich zerrissen, gerade so, als ob sie explodiert wäre. Ein Fensterrahmen hing an einem Ast, überall im Schnee lagen zersplitterte Bretter herum. Mein Vater stand wortlos da und die Tränen standen ihm in den Augen. Zwangsläufig dachte er an seinen Absturz als Jugendlicher nicht weit von hier. Thomasegg schien ihm kein Glück zu bringen. Dann ging es zurück ins Tal. Unten angekommen, kehrten sie wieder im Café Elisabeth ein. Hansjörg versuchte meinen Vater zu trösten, aber mein Vater schüttelte nur den Kopf. „Im Frühjahr, wenn der Schnee weg ist", sagte Hansjörg, „kannst du mit meiner Hilfe rechnen. Ich helfe dir bei den Aufräumarbeiten." Der Vater bedankte sich völlig abwesend, und Hansjörg sollte sein Versprechen halten und ihm tatkräftig beim Wiederaufbau helfen.

Solche Katastrophen verbinden. Kaum war die erste Verzweiflung bei Vater verebbt, fasste mein Vater, ganz seinem Charakter entsprechend – ein gutes Pferd zieht noch einmal –, den Plan, im Frühjahr neuerlich mit dem Bau der Almhütte zu beginnen. Diesmal sollte die Hütte aber mit Ziegelsteinen errichtet werden, denn so etwas durfte nicht noch einmal passieren.

Das Frühjahr rückte heran. Die Warnungen der Mutter, den Wahnsinn Thomasegg doch aufzugeben, hörte mein Vater nicht mehr. Vater war vom Sternzeichen Steinbock, zudem steckte die Kränkung, dass er die Warnungen wegen der Stützpfeiler in den Wind geschlagen hatte, tief in ihm. Diese Fehleinschätzung konnte er nicht auf sich sitzen lassen.

Im Frühjahr wurde die Unfallstelle aufgeräumt und dann ging die Arbeit neuerlich los. Hansjörg Egger war von Beruf Maurer, der inzwischen aber als Hilfspfleger im Krankenhaus tätig war. Aber für seinen Freund packte er die Wasserwaage, die Mörtelkelle und den Ziegelhammer wieder aus. Also ging es von vorne los. Zahllose Geisterbahnfahrten, Materiallieferung und Ziegelbau, sodass noch in diesem Jahr der Dachstuhl aufgesetzt werden konnte, ehe der Winter wieder heranrückte und diesmal war es ein Winter mit ganz wenig Schnee, aber das spielte keine Rolle, denn diesmal hatte Vater sicherheitstechnisch entsprechend vorgesorgt.

Im nächsten Jahr gingen die Bauarbeiten weiter. Der Verputz innen und außen, die Böden und auch Teile der Einrichtung, und wieder ein Jahr später ging es schon an die Einrichtung. Dann war die Hütte so weit fertiggestellt. Vorderhand. Denn im kommenden Jahr stellte sich heraus, dass das Ziegeldach für diese Höhe nicht geeignet war, und der Vater ging daran, das alte Dach durch ein Blechdach zu ersetzen, und zu guter Letzt kam dann auch noch eine Wasserleitung hinzu. Weil immer mehr Hütten gebaut wurden, wurde die Wasserversorgung zum Problem. Da kam man auf die Idee, eine Genossenschaft zu gründen und eine Quelle zu fassen, und mit einer zwei Kilometer langen Wasserleitung, die händisch in unwegsamstem Gelände gegraben werden musste, wurde auch dieses Problem gelöst. So hatten alle schließlich nach zweijähriger Tätigkeit auch noch einen Wasserbrunnen vor der Tür.

Nach sechs Jahren hatte es mein Vater geschafft, sein Wochenendhaus zu erbauen, und als alles fertig war, verlor er das Interesse an Thomasegg. Er meinte: „Was soll ich da oben? Daumendrehen kann ich zu Hause auch.“ Außerdem hatte er das Wochenendhaus nicht für sich, sondern für uns Kinder gebaut. Wir sollten es schön und gemütlich in den Bergen haben. Er besuchte Thomasegg nur noch, wenn Reparaturen anfielen.

Einmal fragte eine Schwester meines Vaters bei ihm an, ob sie unseren Aufzug benützen könnten. Sie hatten die alte Almhütte der Großmutter nach deren Tod vererbt bekommen. Sie wollten diese niederreißen und durch eine neue, komfortablere ersetzen. Mit einem Neubau war das inzwischen aber nicht mehr so einfach, weil man dafür nur noch ganz schwer eine Bewilligung erhielt. Es gab aber noch die Möglichkeit, dass man die bestehende Hütte Schritt für Schritt ersetzte und so eine Bewilligung für ein neues Wochenendhaus umgehen konnte.

Für den Umbau benötigten die Verwandten unseren Aufzug. Der Vater willigte natürlich gleich ein und so benützten sie unsere Geisterbahn, um das notwendige Material auf Thomasegg zu bringen. Sie bauten eine Zwischenstation nahe ihrer Hütte und es konnte losgehen. Sie waren sehr fleißig und fuhren beinahe Tag und Nacht. Einmal, sie lieferten gerade Schotter, riss das Tragseil und verletzte den Schwager des Vaters schwer am Kopf. Er hatte das Glück, dass die baufällige Holzhütte die Wucht des gerissenen Drahtseiles etwas abfing, weil es ihm sonst wahrscheinlich den Kopf wegrasiert hätte. Er musste mit dem Hubschrauber in die Universitätsklinik gebracht werden. Dieser schwere Unfall hatte zum Glück keine juristischen Folgen, aber es bedeutete für meinen Vater, dass er seine Materialseilbahn sofort weghaben wollte. Seine Schwester zeigte sich interessiert und so waren wir den Aufzug los.

Bald stellte sich ein nächstes Problem. Es sollte sich rächen, dass mein Vater damals keine Baubewilligung von der Gemeinde eingeholt hatte, was ursprünglich ja überhaupt kein Problem dargestellt hätte. Jedenfalls hatten sich inzwischen die Zeiten grundlegend geändert, es wurde darüber diskutiert, das Karwendelgebiet, zu dem auch Thomasegg gehört, unter Naturschutz zu stellen, was dann auch passierte. Von Behördenseite wurde genauer geprüft, wie es mit den Baubewilligungen für die sogenannten Kochhütten ausschaute. Die Medien griffen dieses Thema auf und es tauchte in einschlägigen Artikeln immer das Wort „Abbruchbescheid" auf. Meinen Vater konnte das nicht weiter aufregen. Er sagte bloß, „so weit kommt es noch, dass wir die Hütte abreißen. Davor jage ich sie in die Luft." Mein Vater war in gewisser Hinsicht ein Pragmatiker. Aber das Thema rückte immer mehr in das öffentliche Interesse. Das Landhaus in Innsbruck musste sich mit der Sache befassen. Dabei trat zutage, dass in den Tiroler Bergen nicht weniger als dreitausend „Schwarzbauten" standen, die bei Einhaltung der gesetzlichen Vorschriften zum Großteil abgetragen werden hätten müssen. Das bereitete den Beamten und vor allem den verantwortlichen Landespolitikern bis hinauf zum Landeshauptmann einiges an Kopfzerbrechen. Schließlich wurde das Problem dahingehend gelöst, dass man eine landesweite Amnestie erließ, unter der Voraussetzung, dass nachträglich alle Kochhütten mit den entsprechenden Baubewilligungen ausgestattet werden mussten. Dem Landhaus in Innsbruck schien bewusst zu sein, dass bei Exekutierung des Gesetzes auch für das Landhaus eine neue Baubewilligung notwendig gewesen wäre, weil man sicher sein konnte, dass das Landhaus im Zentrum der Stadt in die Luft gejagt worden wäre. So kamen auch wir schlussendlich zu einer rechtmäßigen Bewilligung für die Hütte.

14

Nach dem Krieg wurde mein Heimatdorf zuerst von amerikanischen und in der Folge bis zum Staatsvertrag von französischen Soldaten besetzt. Auch bei uns gab es eine Kommandantur mit dem entsprechenden Personal. Unser Dorf zählte damals etwas mehr als dreitausend Einwohner. Im Krieg wurden 123 Menschen getötet und in der Zeit nach dem Zusammenbruch kamen erst langsam einheimische Soldaten zurück, viele befanden sich in Gefangenschaft. In dieser Zeit soll es auch passiert sein, dass es zwischen einigen einheimischen Frauen und den Besatzungssoldaten zu näheren Kontakten kam. Das wiederum war einigen Einheimischen ein großer Dorn im Auge und führte zu einer seltsamen Aktion, wo Flugzettel in Umlauf kamen, in denen diese Geschichte – sogar mit Namen – veröffentlicht wurde. Das sorgte in der Dorfgemeinschaft und natürlich auch bei der Besatzung für helle Aufregung. Akribisch wurde nach den Urhebern dieser vermeintlichen Ungeheuerlichkeit geforscht. Sogar die Schreibmaschine, die sich im Besitz meines Großvaters befand, wurde beschlagnahmt, aber sehr bald wieder zurückgebracht. Es wurde der Schriftzug überprüft und mit dem Schriftzug auf dem Flugblatt verglichen. Aber auf der Schreibmaschine meines Großvaters wurde der Text nicht geschrieben. Viele Einheimische wurden zu Verhören geladen und da soll es nicht gerade zimperlich zugegangen sein. Gebrochene Rippen, geplatzte Lippen und blaue Augen waren einige jener Folgen, die Verdächtige aus dem Dorf zu tragen hatten. Auch mein Vater wurde einvernommen und stundenlang verhört, ohne dass sich aber irgendein Hinweis oder ein Verdacht auf eine Mittäterschaft herauskristallisiert hätte. 1955 verließen die französischen Soldaten unser Land.

Viele Jahre später, Mitte der Sechzigerjahre, besuchte

der ehemalige französische Kommandant während eines Urlaubsaufenthaltes seine ehemalige Wirkungsstätte, also unser Heimatdorf. Zusammen mit anderen Bekannten aus Frankreich waren sie in einem Zirler Gasthof, wo früher die Kommandantur eingerichtet war, abgestiegen und an einem Sonntagnachmittag trafen sie dort zufällig auf meine Eltern und Freunde, die hier nach einer Bergtour eingekehrt waren. Sehr bald kam man ins Gespräch. Die Franzosen stammten aus Lothringen, ganz nahe an der Grenze zu Deutschland, zum Saarland. Bei der französischen Gruppe war auch ein junges Ehepaar dabei, das sich auf seiner Hochzeitsreise befand. Mit ihnen freundeten sich meine Eltern an und es entwickelte sich ein enger freundschaftlicher Kontakt. Henry und Ginette kamen in den folgenden Jahren zuerst mit ihrem ältesten Sohn und später auch mit ihrem Zweitgeborenen jedes Jahr im Sommer zu uns. Sie wohnten bei uns im Haus am Weingarten. Henry liebte die Berge, die Wälder, ganz Tirol. Frankreich stand er eher kritisch gegenüber, weil die französische Mentalität, wie er dachte, alles verfallen und verludern lassen würde. Deutschland und die Deutschen verachtete er geradezu, was sicher mit den Erfahrungen, die sein Vater und er mit den „deutschen Kartoffelfressern" gemacht hatten, in Zusammenhang stand. Ginette arbeitete als Sekretärin in einer Citroën-Werkstätte und darum hatten sie auch immer die neuesten Modelle dieser Marke, eine Zeit lang auch den wunderbaren DS 19. Kamen sie zu uns, blieben sie immer drei Wochen und verbrachten herrliche, genussreiche Zeiten. Sie hatten alle möglichen Delikatessen mit, französischen Käse, Würste und vor allem hervorragende Weine. Waren Ginette und Henry bei uns, dann war unser Haus eine kulinarische Stätte, wo sich ob der vielen Köstlichkeiten die Tische bogen, und wenn die Freunde aus Frankreich wieder zurückfuhren, dann hatten wir alle gewichtsmäßig zugelegt, denn was Essen und Trinken anlangte, konnten wir natürlich mit den Freunden aus Frankreich nicht mithalten. Henry und Ginette und später auch die beiden Söhne Robert und Raphael unternahmen täglich Wanderungen in die Berge und sehr bald kannten sie sich in der Tiroler Gebirgswelt viel besser aus als wir. Henry war ein großer Romantiker und er schwärmte von den Bergen und den Wäldern gerade so, als ob sie in Tirol im Paradies wären. Das hing sicher auch damit zusammen, dass Henry als Elektriker in einer Kohlengrube in Forbach arbeitete. Die Arbeit, tief in der Erde, war für ihn unerträglich. Eigentlich hatte er als junger Mensch den Wunsch gehabt, Förster zu werden, aber das war nicht möglich gewesen. So lernte er in der „Grube" den Beruf des Elektrikers und landete in der Grube, weil es in diesem Landstrich keine andere Möglichkeit gab. Nach seiner Lehre wurde er zum Militärdienst eingezogen, kämpfte zwei Jahre im Algerienkrieg in Afrika und als er nach dieser Zeit in sein kleines Heimatdorf Guenviller zurückkam, war er wegen seines inzwischen dunkelhäutigen Aussehens eine markante Erscheinung, in die sich das junge Mädchen Ginette auf der Stelle verliebte.

Wenn die beiden und vor allem Henry in Tirol waren, dann war er glücklich und wenn der Urlaub zu Ende war und sie wieder zurück in die Heimat, in die „Grube", mussten, dann verfiel Henry in eine finstere Stimmung und Ginette erzählte, dass Henry die ganze Fahrt zurück und auch die ersten Tage daheim kaum ein Wort redete, so sehr belastete ihn die tägliche Arbeit in diesem tiefen, finsteren Loch in der Erde.

Mit den Jahren entwickelte sich zwischen unserer Heimatgemeinde und jener im lothringischen Guenviller ein richtiger Tourismusaustausch. Durch Henrys romantische Erzählungen von der Schönheit Tirols – der einzige kleine negative Punkt waren die neunmalklugen „Kartoffelfresser aus dem Norden" – kam es, dass jedes Jahr immer mehr

Verwandte und Bekannte von Henry und Ginette in Tirol Urlaub machten. Hinzu kam, dass Henry und Ginette uns jedes Jahr zu sich nach Hause einluden. Ich war einige Male dort und kehrte immer mit einigen Kilos mehr auf der Waage zurück. Mein Vater hegte kein großes Interesse am Reisen und das Wort Urlaub verband er eher mit untätiger Langeweile. So versuchte er sich vor der riesigen Gastfreundschaft unserer französischen Freunde immer zu drücken. Meistens musste der Hüttenbau auf Thomasegg als Ausrede herhalten. Er nutzte seinen Urlaub für Arbeit. Aber jedes Jahr rangen Henry und Ginette meinem Vater das Versprechen ab, dass er im kommenden Jahr nach Frankreich kommen würde, und jedes Jahr schwor der Vater, im nächsten Jahr komme er mit und dann „leben wir wie Gott in Frankreich". Einige Jahre konnte er den Urlaub in Frankreich abwehren, aber irgendeinmal musste er sich für die Reise entscheiden. Keine Ausreden wurden mehr akzeptiert. Damit er in Guenviller nicht allein war, durfte ich mitkommen und wir sollten dort zwei Wochen zubringen. Guenviller ist ein ganz kleines Dorf und wie mein Vater gleich feststellte, gab es dort nicht einmal ein Gasthaus. Nur sonntags nach dem Gottesdienst gab es im Vereinshaus einen Ausschank. Henry und Ginette taten natürlich alles, damit wir es so angenehm wie nur möglich hatten, und sie hatten für die Wochenenden ganz große Ausflüge auf dem Plan. Während der Woche mussten sie in die Arbeit und so waren wir auf uns gestellt. Am ersten Tag stand mein Vater wie üblich um halb sechs Uhr in der Früh auf und drehte eine Runde um und durch das Dorf. Als er zurückkam und mit mir das vorbereitete Frühstück einnahm, meinte er trocken: „Verdammt in alle Ewigkeit …"

Nach dem Frühstück drehte er erneut eine Runde und da machte er eine sehr erfreuliche Entdeckung. Er kam zu einer Baustelle, auf der ein Mann arbeitete, der sich nachher als der Briefträger des Ortes herausstellen sollte. Der Briefträger sprach aber kein Deutsch und so war es für meinen Vater etwas schwierig, mit ihm ins Gespräch zu kommen. Aber diese Hürde überbrückte mein Vater dadurch, dass er bei der Arbeit einfach Hand anlegte. Zufälligerweise war gerade eine Stiege einzuschalen und mein Vater war weitum der beste Schaler und darum war er nicht mehr zu halten, auch wenn sich die beiden sprachlich nicht gut verständigen konnten. Jedenfalls staunte der Briefträger nicht schlecht und wusste nicht, wie ihm geschah, als mein Vater Hand anlegte. Für Vater war das weiter kein Problem, zudem bot der verdutzte Briefträger Vater etwas zu trinken an, worauf alles Wichtige gesagt war.

Ich hatte mich schon gewundert, wo mein Vater blieb, und wir alle staunten nicht schlecht, als am Nachmittag der Briefträger mit meinem Vater zu Henry und Ginette kam und die Sache aufklärte. Mein Vater war richtig erleichtert und eilte auch am nächsten Tag wieder zur Baustelle und rasch sprach sich das Verhalten meines Vaters in ganz Guenviller herum und als wir am Sonntag nach der Messe im Vereinshaus einkehrten, stand mein Vater im Mittelpunkt des Frühschoppens und wir wurden zu unzähligen Getränken eingeladen.

Der Auftritt meines Vaters sorgte in Guenviller für großes Aufsehen und als Jahre später der Bruder von Henry beim Hausbau war und es große Probleme mit dem Zimmermann, der den Dachstuhl machen sollte, gab, sprangen mein Vater, Willi und Jonny ein, reisten nach Guenviller und errichteten den Dachstuhl. Noch heute erinnert ein zwölfteiliges elsässisches Porzellangeschirr bei uns zu Hause an den Dachstuhl in Guenviller.

15

Nachdem meine Schwester und später auch ich ganz von zu Hause weggezogen waren, gab es zwischen unseren Eltern heftige Auseinandersetzungen, weil meine Mutter aus dem gemeinsamen Ehezimmer auszog. Sie wechselte ins ehemalige Zimmer meiner Schwester. Das wollte mein Vater nicht wahrhaben. Darum kam es zu lauten Streitigkeiten, unsinnigen Drohungen seitens des Vaters, bis ihm aber nichts anderes übrigblieb, als die neue Situation zu akzeptieren. Er machte der Mutter jede Mengen Szenen, vor allem unter dem Einfluss von Alkohol, besonders wenn er etwas Schnaps erwischte. Eifersucht und Besitzansprüche hatten ihn fest in der Hand.

Einmal besuchte ich meine Mutter und da erzählte sie mir, dass der Vater schon seit einigen Tagen nicht mehr nach Hause gekommen sei. Er habe ein Verhältnis mit einer Arbeitskollegin. Diese neue Situation bedeutete für meine Mutter geradezu eine Erleichterung und sie sagte mir, dass sie sich nichts mehr wünschen würde, als dass der Vater mit einer anderen Frau glücklich werden würde. Als sie mir das erzählte und ich merkte, wie ernst sie das meinte, erfasste mich mit meinem Vater ein derartiges Mitleid, dass ich zu Tränen gerührt war. Tage später kam der arme Vater dann aber wieder zurück in den Weingarten und es lief wieder weiter wie vorher. Gemeinsam fuhren sie wieder täglich um halb sechs in der Früh in die Arbeit. Wenn sie um halb sechs losstarteten, dann brachte meine Mutter den Vater zuerst an seine Arbeitsstelle an der Technik und sie fuhr weiter ins Röntgeninstitut. Mein Vater hatte zwar erst um acht Dienstbeginn, aber natürlich begann er sofort mit seiner Arbeit, die ihn ja ganz ausfüllte. So leistete er über all die Jahre jeden

Tag zwei unbezahlte Überstunden, weil er auch bis zum späten Nachmittag in der Arbeit blieb.

Meine Eltern gingen beinahe zeitgleich in Pension. Zuerst die Mutter, zwei Jahre danach mein Vater. Der Wechsel in den Ruhestand sollte beiden mächtig zusetzen. Das Röntgeninstitut in der Gebietskrankenkasse wurde aufgelöst, da ihr Chef, der inzwischen das siebzigste Lebensjahr überschritten hatte, in den Ruhestand wechselte und sich für ihn kein adäquater Nachfolger finden ließ. Mit dem Eintritt in den Ruhestand brach für meine Mutter die Welt zusammen und sie fiel in eine schwere Depression, die gut ein Jahr dauerte. Sie war kaum ansprechbar und verließ kaum das Haus. Tagelang lag sie am Diwan und wenn man sie fragte, wie es ihr gehe und ob sie etwas benötige, winkte sie nur müde und abwesend ab. Das war keine leichte Situation für meinen Vater, der immer noch in den Dienst ging. Ein Glück war, dass die Schwester meines Vaters sich um meine Mutter kümmerte und ihr aufopfernd zur Seite stand. Nach gut einem Jahr besserte sich der Zustand und sie begann aufzublühen.

Zu jener Zeit lebte ich mit meiner Familie im Unterland und besuchte meine Eltern nur sporadisch. So bekam ich von der Krankheit meiner Mutter nicht allzu viel mit. Als sie aber wieder ganz und gar die Alte war und vor Energien strotzte, sagte sie einmal zu mir, dass sie nie wieder in so eine tiefe Finsternis fallen würde, dafür würde sie sorgen. Auch erzählte sie mir einmal, und diese Erzählung entsprach ganz ihrem Naturell, dass sie nur der Gedanke, dem Staat nicht ihre gute Pension schenken zu wollen, von diesem Schritt abhielt.

Körperlich war mein Vater in einem sehr schlechten Zustand. Sein Tremor, das Zittern seiner Hände, der von seiner Kopfverletzung herrührte, wurde zunehmend stärker. Das führte dazu, dass ihm Mutter beim Essen das Fleisch aufschneiden musste, wobei er wegen seiner drei fehlenden

Finger zusätzlich schon seine Probleme hatte. Auch war er einmal wegen eines leichten Schlaganfalls im Krankenhaus. Seine Arbeitskollegen, zu denen er ein sehr gutes Verhältnis hatte, forderten ihn immer wieder auf, dass er doch in Pension gehen und sich noch ein paar schöne Jahre zu Hause mit seiner Frau machen sollte. Schließlich entschied er sich schweren Herzens, zumindest einmal seinen Pensionsantrag bei der Versicherung abzugeben, wobei er hoffte, dass die Bearbeitung einen langen Zeitraum in Anspruch nehmen würde. Doch sehr bald wurde er zu einer ersten Untersuchung bei einer Ärztin der Pensionsversicherungsanstalt vorgeladen, die bekannt dafür war, dass sie die Antragsteller sehr genau begutachtete und beim leisesten Verdacht, einen Simulanten vor sich zu haben, sofort einen ablehnenden medizinischen Bescheid erstellte. Sie untersuchte meinen Vater, ordnete ein EKG an und fragte ihn, wann er den Herzinfarkt gehabt hätte.

„Welchen Infarkt?“, fragte mein Vater erstaunt.

„Das EKG weist eindeutig auf einen Infarkt hin“, sagte die Ärztin.

„Von einem Infarkt weiß ich nichts“, gab er zur Antwort.

„Das müssen Sie doch gespürt haben?“

„Übel ist mir schon öfter“, sagte mein Vater.

„Aha“, meinte darauf die Ärztin und brach die Untersuchung auf der Stelle ab. Dann sagte sie zu meinem Vater: „Sie gehen jetzt nach Hause und lassen sich noch heute von Ihrem Hausarzt krankschreiben. Ihre Arbeit an der Technik nehmen sie jedenfalls nicht mehr auf. Was den Pensionsantritt anlangt, werde ich alles in die Wege leiten.“ Im ersten Moment glaubte mein Vater, nicht richtig zu hören. Er gab der Ärztin die Hand. Sie schaute ihn etwas verwundert an. Mit Tränen in den Augen fuhr mein Vater zur Personalabteilung und meldete sich ab. Die Krankmeldung würde er in den nächsten Tagen nachbringen. „Mach dir keinen

Stress, Hugo", sagte der Sachbearbeiter, der meinen Vater gut kannte und ihm zur bevorstehenden Pensionierung gratulierte. „Hugo, jetzt hast du es geschafft, ich gratuliere." Meinem Vater war aber nicht zum Feiern zumute, sondern ihn traf die neue Lage wie ein Hammerschlag. Zu Hause versuchte ihn Mutter zu trösten, weil sie aus eigener Erfahrung wusste, was dieser Schritt für meinen Vater bedeutete.

Die Erledigung aller Formalitäten nahm für meinen Vater als einfacher Vertragsbediensteter im Bundesdienst doch einige Zeit in Anspruch. In der Zwischenzeit war er im Krankenstand, wobei er nur einmal zur Krankenkontrolle vorgeladen wurde, weil sein Fall ohnehin eindeutig war. Trotzdem dauerte es mehrere Monate, bis er schließlich den Pensionsbescheid zugestellt bekam. Während dieser Zeit lief auch seine Lohnfortzahlung beziehungsweise der Krankengeldbezug. Alle Gelddinge in unserer Familie wurden von meiner Mutter geregelt. Darum hatte mein Vater auch über sein Einkommen keinen genauen Überblick und er bezog all die Jahre, wie wir Kinder früher auch, von Mutter eine Art Taschengeld, das er für Essen und Trinken benötigte. Alles andere, was mit Geld zu tun hatte, lief über Mutter. Darum wäre mein Vater auch nicht auf den Gedanken gekommen, sein Krankengeld, das damals noch bar ausbezahlt wurde, abzuholen. Schließlich erhielt er den Pensionsbescheid. Deshalb fuhr mein Vater mit dem Postbus in die Stadt und meldete sich beim zuständigen Schalter, wo ihm die Unterlagen ausgehändigt wurden, mit dem Hinweis, dass er das Krankengeld an der Kasse abholen sollte. Als er vor dem Kassier stand und ihm dieser siebenunddreißigtausend Schilling aushändigte, glaubte er an ein Missverständnis.

„Hier ist Ihre Krankengeldabrechnung", sagte der Bedienstete.

„Was für ein Krankengeld?", fragte der Vater verwundert.
„Sechs Wochen hatten Sie Anspruch auf Lohnfortzahlung,

anschließend bezogen Sie den halben Lohn und das halbe Krankengeld und einen Monat lang gibt's das volle Krankengeld", sagte der Bedienstete automatisch. Das konnte meinen Vater aber nicht überzeugen und darum legte er das gesamte Geld, das er in einen Briefumschlag gab, in den Schrank, weil er völlig überzeugt war, dass er in den nächsten Wochen ein Schreiben bekommen würde. Aber es kam zu keiner Aufforderung und so holte der Vater das gesamte Geld nach einem halben Jahr aus seinem Versteck und erfüllte sich damit einen ganz großen Wunsch.

Mit dem Eintritt in die Pension, als schließlich beide gemeinsam den ganzen Tag zu Hause waren, sollte für meine Eltern die unruhigste und aufreibendste Zeit beginnen. Auf die heftige Depression folgte bei Mutter, wie jedes Mal, eine manische Phase. Sie war unternehmenslustig, geradezu aufgeschreckt wie ein junges Küken. Sie strotzte vor Energien, fuhr regelmäßig in die Stadt, traf sich mit ihrem Chef. Mein Vater konnte damit, jetzt, wo er ganz zu Hause war, nicht umgehen. Er wollte, dass sie mit ihm den Tag verbrachte. Aber das spielte sich mit Mutter nicht, die sich nicht einsperren lassen wollte. Da kam es aufgrund der Eifersucht des Vaters zu unschönen Szenen, die sogar so weit gingen, dass eine Scheidung ernsthaft im Raum stand. Aber schließlich, wie immer, fand sich Vater mit der Situation ab.

Eines Tages holte Vater das Kuvert aus seinem Versteck und fuhr zur Maschinenhandlung Kuhnert am Bahnhof und kaufte sich – ohne Widerrede der Mutter, die ihn gewähren ließ – eine kombinierte Hobelmaschine und noch einige weitere Handmaschinen und jede Menge Werkzeug. Dabei ging ihm das Herz auf und er fühlte sich wohl wie ganz selten in seinem Leben. Mutter musste mit ihrem Auto aus der Garage weichen, was sie ohne Weiteres tat. So wurde die Werkstätte zu Vaters neuem Betätigungsfeld. In der Früh studierte er die Tiroler Tageszeitung, besonders den politischen Teil und natürlich auch die Todesanzeigen, danach ging er in die Werkstatt und gegen Mittag auf ein, zwei Bier ins Café Elisabeth, um sich nach dem Mittagessen eine halbe Stunde hinzulegen. In der Werkstatt fand er Trost und Ablenkung und so pendelte sich das Zusammenleben der Eltern wieder einigermaßen ein.

16

Ende der Neunzigerjahre befand ich mich in einem privaten Desaster. Aus finanziellen Gründen blieb mir keine andere Wahl, als zu meinen Eltern zu ziehen. Dort hatte ich zumindest kostenlos mein kleines Zimmer. Das war auch der Hauptgrund, weshalb ich mich dazu entschied, denn meine Begeisterung, nach Hause zurückzukehren, hielt sich in Grenzen. Lieber wäre mir eine kleine Wohnung in der Stadt gewesen, aber das wäre nicht möglich gewesen. Zu diesem Zeitpunkt war mein Vater gesundheitlich schon in einem sehr schlechten Zustand. Er war kaum in der Lage, eine Suppe zu löffeln, ohne alles zu verschütten. Auch beim Anziehen brauchte er Hilfe. Seine Aufenthalte in seiner Werkstätte wurden immer kürzer. Wenn er ins Café Elisabeth ging, musste er wegen der fehlenden Luft – er litt an COPD – auf halbem Weg eine Pause einlegen. Obwohl Vater in so einem klapprigen Zustand war, ließ er es sich doch nicht nehmen, jeden Tag seine drei, vier Flaschen Bier zu trinken. „Wenn ich etwas trinke, dann bekomme ich besser Luft", sagte er. Einmal brach er bewusstlos auf der Toilette zusammen. Er erholte sich rasch. Der Notarzt wollte ihn ins Krankenhaus überweisen, aber der Vater wollte zu Hause bleiben. Wir saßen ziemlich verdattert in der Stube. Der Vater hatte Tränen in den Augen und er bat die Mutter, dass sie ihm ein Bier bringen sollte. Die Mutter holte sofort eine Flasche und dann nahm Vater einen ganz großen Schluck und stimmte mit gebrochener Stimme einen kurzen Liedtext an. „Sag beim Abschied leise servus …" Wir waren den Tränen nah. „Hugo, mach es uns doch nicht so schwer", flehte Mama geradezu.

Wenige Tage später musste wieder der Notarzt kommen

und diesmal nahm ihn die Rettung mit ins Krankenhaus, ohne dass sich Vater gewehrt hätte. Ein paar Tage wurde er in der Internen der Uniklinik in Innsbruck behandelt und dann weiter ins Bezirkskrankenhaus verlegt. Obwohl man jetzt mit allem rechnen musste, konnte ich mir beim besten Willen nicht vorstellen, dass Vater sterben würde. Bei Mutter schien das ganz anders zu sein. Jeden Tag war sie ab jetzt bei ihm, von früh bis spät am Abend. Sie wich nicht von seiner Seite, sodass die Ärzte sie schon aufforderten, auf sich selbst mehr Rücksicht zu nehmen, und dass der Vater im Krankenhaus bestens versorgt wäre. Aber das kümmerte meine Mutter nicht. Sie widmete sich jetzt ganz ihrem Mann – nach seinem Zusammenbruch in der Stube war sie sogar in das Ehebett zurückgekehrt –, wie sie es in ihrem Leben nie mit solcher Hingabe getan hatte. Ich besuchte Vater jeden Tag. Einmal kam ich ins Krankenhaus und der Vater war nicht im Zimmer. Er wurde gerade gebadet. Dann wurde er zurückgebracht. Wir standen am Gang, als uns Vater im Rollstuhl entgegengeschoben wurde. Ich konnte meine Tränen nicht unterdrücken und mein Vater warf mir einen vielsagenden Blick zu. Er sagte nichts. Er blieb wortlos und das brach mir das Herz. Wir hatten eine Übereinstimmung, ohne ein Wort wechseln zu müssen. Er war in einem Zweibettzimmer und es war kaum zu glauben, dass sein Zimmernachbar ein alter Kriegskamerad war, den er schon viele Jahre nicht mehr getroffen hatte, und von dem er immer wieder sagte, dass er ihn einmal besuchen wolle. Jetzt brachte sie das Schicksal noch einmal in dieser Umgebung zusammen. Mein Vater war eine Woche hier, als mir der Arzt sagte, dass er medikamentös so gut eingestellt wäre, dass er nach Hause gehen könne. Ich saß an seinem Bett und sagte ihm, dass ich ihn am nächsten Tag nach der Visite abholen würde. Er freute sich auf das Heimkommen. Dann verabschiedete ich mich von ihm und ich sollte ihn nicht mehr lebend antreffen. Am nächsten Vormittag bekamen wir den Anruf, dass Vater verstorben sei. Daraufhin brach Mutter zusammen. Ich fuhr ins Krankenhaus, um die Formalitäten zu erledigen. Eine Krankenschwester händigte mir die Kleidungsstücke aus und zog mich beiseite. Sie drückte mir die Hand und kondolierte. Sie schaute mich kurz an. Dann schien sie Mut zu fassen, um mir Folgendes zu erzählen: „Ich hoffe, Sie verstehen mich richtig. Aber ich möchte Ihnen sagen, wie Ihr Vater gestorben ist. Ich war zufällig im Zimmer. Ihr Vater saß bei Tisch und frühstückte. Er erzählte seinem Kriegskameraden gerade einen Witz, ehe er aufstand und zu seinem Bett gehen wollte. Dann ist er mitten im Zimmer zusammengebrochen und war sofort tot. Die herbeigeeilten Ärzte konnten nichts mehr machen ..."

Die Krankenschwester wollte mich trösten und diese letzten Momente meines Vaters waren auch tröstlich. Also war sein letzter Wunsch in Erfüllung gegangen. Er hatte mir in den letzten Jahren immer wieder erzählt, dass er jeden Abend vor dem Einschlafen den Wunsch äußerte, schnell und ohne Aufhebens sterben zu können. Dieser Wunsch war ihm erfüllt worden.

Im Krankenhaus hatte sich meine Mutter einen grippalen Infekt zugezogen, woraus eine heftige Grippe wurde, die es ihr nicht erlaubte, beim Begräbnis teilzunehmen. Die Freunde aus Frankreich, sein Bruder Willi und alle seine anderen Geschwister und Jonny waren anwesend. Er wurde an einem bitterkalten Februartag verabschiedet und wir alle froren. Dann kam der Sarg ins Krematorium. Vater wurde verbrannt. Als Vater noch in der Leichenhalle lag, hatte ich dort am offenen Sarg Abschied von ihm genommen. Er hatte einen ganz zufriedenen Gesichtsausdruck. Er war auch der erste tote Mensch, den ich direkt gesehen hatte. Die Urne wurde später im engsten Familienkreis beigesetzt. Vorher stand sie noch beim Bestatter. Ich war zu diesem Zeitpunkt auch einmal dort und befand mich kurz allein mit der Urne in einem Raum. Aus unerfindlichen Gründen nahm ich sie in die Hand und schüttelte sie, weil ich überprüfen wollte, ob ich die Silberplatte, die Vater als Kind in den Kopf operiert worden war, hören könnte. Ich glaubte, dass diese dem Feuer standgehalten hätte. Aber es klimperte nicht und mir kam der Gedanke, dass mein Vater gar nicht in diesem Gefäß drinnen sein würde. Aber das hatte jetzt keine Bedeutung. An einem sehr kalten Abend, wenige Tage nach dem Begräbnis, war ich am Friedhof und räumte die Kränze vom Grab weg. Ich trug sie zu einem Sammelplatz, wo sie dann entsorgt werden sollten. Anschließend ging ich ins benachbarte Pfarramt, weil ich die Totenmesse bezahlen wollte. Dort empfing mich der Pfarrer, der mich misstrauisch musterte: „Ach, das ist der Elias und geschieden ist er auch." Ich bezahlte den offenen Betrag für die Messe und stürmte voll Wut aus dem Widum. Ich empfand diese Bemerkung nicht nur unpassend, sondern als eine große Frechheit. Jedenfalls machte ich mich in den nächsten Tagen auf und meldete mich als Mitglied der katholischen Kirche ab.

Schluss

Dieser Text oder dieses Buch hat mit dem besonderen Geburtsdatum meines Vaters begonnen und endet mit seinem Tod. Also eine in sich geschlossene Geschichte, wie es sie in der Wirklichkeit eigentlich nicht gibt. Das Leben ist keine geschlossene Geschichte, schon gar nicht so, wie sie in der Literatur abgebildet wird. Der menschliche Geist, die Kunst, hat eine Konstruktionsform zur Darstellung der Realität gefunden, durch die wiederum eine eigene Realität geschaffen wird. So betrachtet, mag sich eine Geschichte zwar an der Wirklichkeit orientieren, aber funktionieren tut sie nur als eine neue Wirklichkeit. Ein Roman schneidet unter Umständen ein Stück Realität heraus, so wie man ein Foto von einer Landschaft anfertigt, die sich auf die Welt bezieht, aber mit dem Abgebildeten an sich nur bedingt zu tun hat.

So ist es auch hier.

Zirl, am 9.6.2018
es

Gedruckt mit freundlicher Unterstützung des
Bundeskanzleramtes Österreich und des Landes Tirol

1. Auflage 2019
Kyrene Verlag Innsbruck-Wien

Satz & Korrektur: Joe Rabl
Umschlag: Carina Haberl
Printed in the EU
ISBN: 978-3-902873-67-5
www.kyrene-verlag.com